오천 년
지혜 담긴
건물 이야기

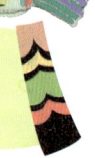

〈오천 년 지혜 담긴 건물 이야기〉는
초등학교 교과서의 이런 **단원**과 관련이 깊어요

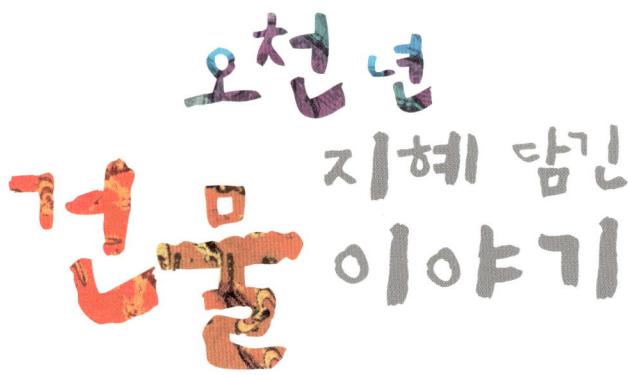

오천 년 지혜 담긴 건물 이야기

우리누리 글 ● 조승연 그림

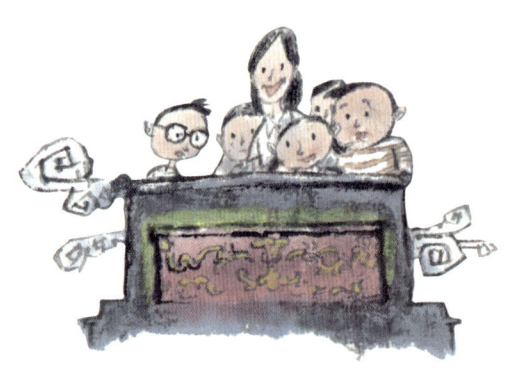

주니어중앙

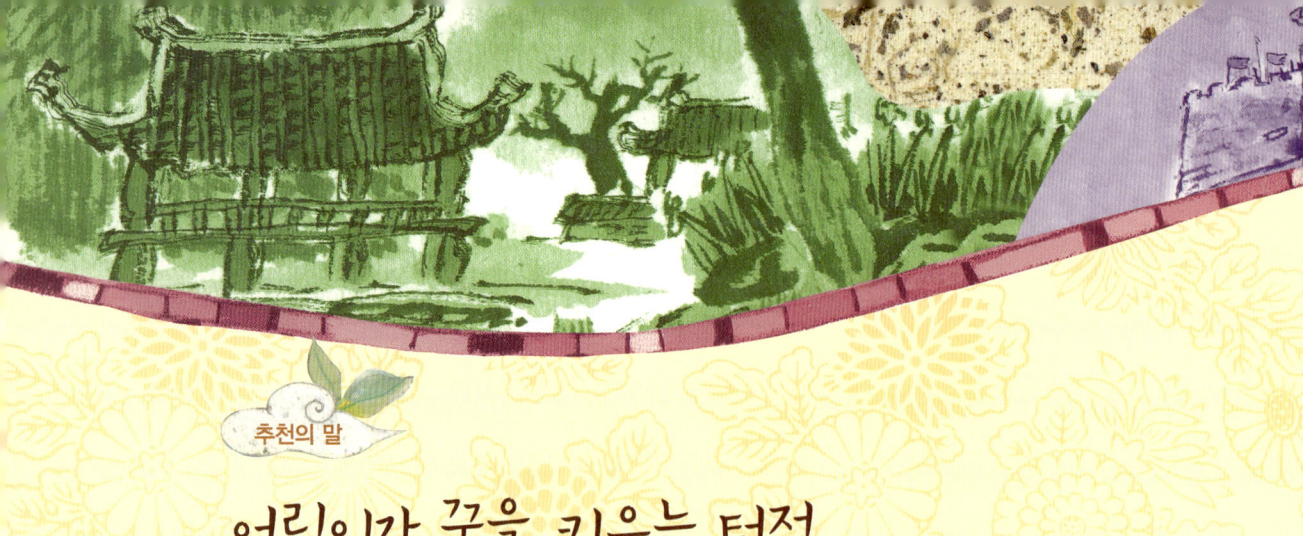

어린이가 꿈을 키우는 터전

꿈 많은 어린 시절엔 장대한 역사와 위대한 문화유산에 관한
책을 읽는 것이 좋다.
거기에는 어린이가 꿈을 키우는 터전이 있기 때문이다.
감수성 예민한 어린 시절엔 흥미로운 그림을 통하여
재미있게 이야기를 풀어 간 책이 좋다.
그것은 시각적 인식을 통해 어린이의 상상력을 자극하기 때문이다.
『오십 빛깔 우리 것 우리 얘기』는 이런 필요조건을 갖춘
고급 어린이 교양도서라 할 만한 것이다.

유홍준
(전 문화재청장, 현 명지대 교수,
『나의 문화유산 답사기』 저자)

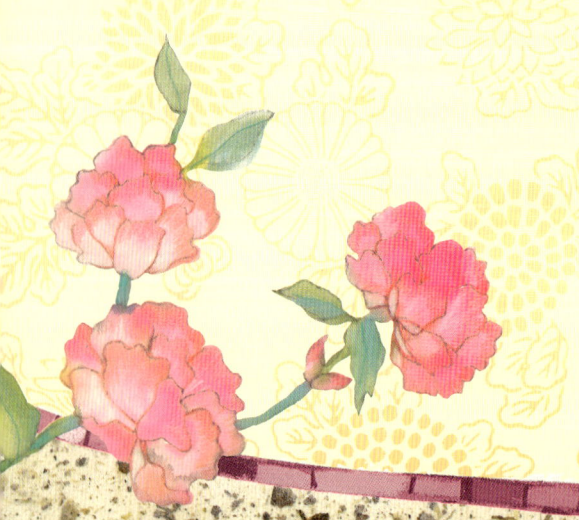

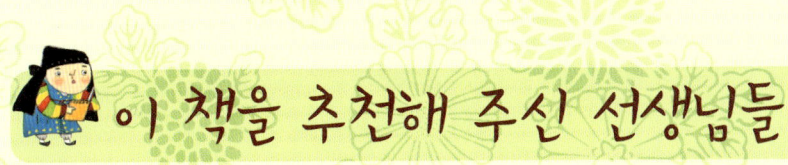

이 책을 추천해 주신 선생님들

● 전래 놀이, 풍속과 관련된 수업에 활용하고 있습니다. 옛 풍속과 관련해서 요즘에는 잘 사용하지 않는 용어들이 있어서 아이들이 어려워하는데, 이 책에는 사진 자료와 함께 쉽고 정확하게 설명이 되어 있어 아이들이 이해하기 쉽게 되어 있습니다.
— 손영수 선생님(가사초등학교)

● 아이들이 우리의 전통문화를 쉽게 접할 수 있도록 도움을 주는 소중한 자료입니다. 우리 학교의 독서 퀴즈 대회에서 매년 사용하는 책이랍니다.
— 성주영 선생님(도당초등학교)

● 우리의 옛 풍습과 문화, 관혼상제 등에 대해 자세히 설명되어 있어 수업을 하기 전에 미리 읽어 오라고 하는 도서입니다.
— 전은경 선생님(용산초등학교)

● 우리의 문화와 역사를 초등학생들이 이해하기 쉽도록 재미있는 옛이야기로 풀어낸 점이 가장 마음에 듭니다. 초등 교과와 연계된 부분이 많아 학교 수업에 많이 활용하는 도서입니다.
— 한유자 선생님(삼일초등학교)

김임숙 선생님(팔달초)	조윤미 선생님(화양초)	이경혜 선생님(군포초)	염효경 선생님(지동초)
오재민 선생님(조원초)	박연희 선생님(우이초)	박혜미 선생님(대평중)	이진희 선생님(수일초)
최정희 선생님(온곡초)	정경순 선생님(시흥초)	박현숙 선생님(중흥초)	김정남 선생님(외동초)
이광란 선생님(고리울초)	김명순 선생님(오목초)	신지연 선생님(개포초)	심선희 선생님(상원초)
문수진 선생님(덕산초)	정지은 선생님(세검정초)	정선정 선생님(백봉초)	김미란 선생님(둔전초)
김미정 선생님(청덕초)	조정신 선생님(서신초)	김경아 선생님(서림초)	김란희 선생님(유덕초)
정상각 선생님(대선초)	서흥희 선생님(수일중)	윤란희 선생님(안산시근로자시민문화센터어린이도서관)	

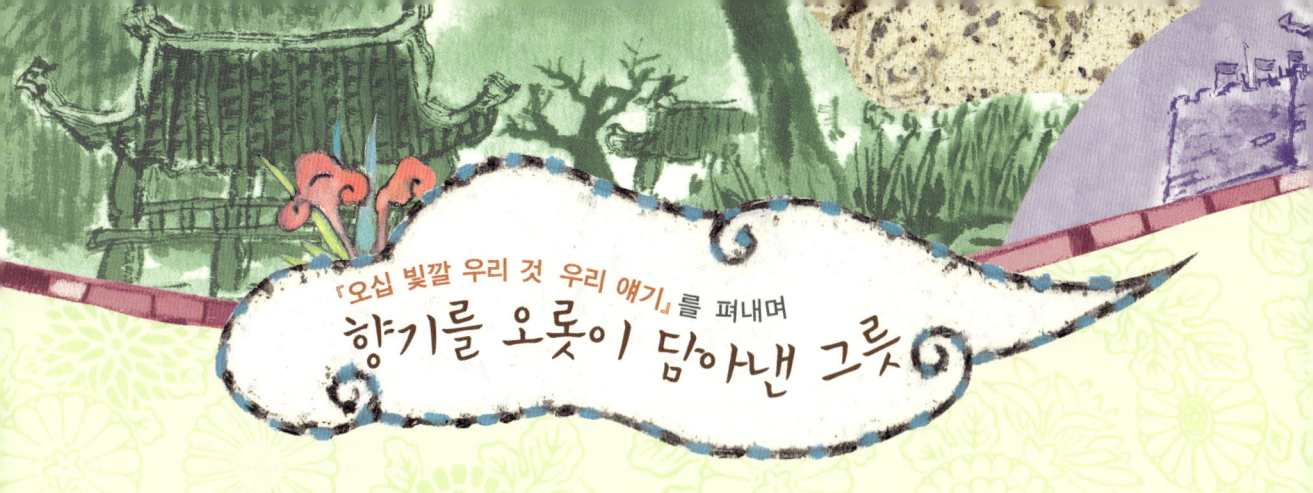

『오십 빛깔 우리 것 우리 얘기』를 펴내며

향기를 오롯이 담아낸 그릇

   『오십 빛깔 우리 것 우리 얘기』 시리즈가 처음 출간된 지 어느덧 16년이 되었습니다. 그동안 수많은 어린이와 부모님, 그리고 선생님들의 사랑을 받으며 전 50권이 완간되었고, 어린이 옛이야기 분야의 고전(古典)이자 스테디셀러로 굳건히 자리매김해 왔습니다.

   이 시리즈는 '소중히 지켜야 할 우리 것'에 대한 이야기를 어린이를 위해 '쉽고 재미있게' 풀어쓴 책입니다. 내용으로는 선조들의 생활과 풍습 이야기, 문화재와 발명품 이야기, 인물과 과학기술·예술작품 이야기, 팔도강산과 고유 동식물 이야기 등 우리나라 역사와 전통문화 모든 영역을 총망라하고 있습니다. 그리고 이를 50가지 주제로 엮어 저학년 어린이도 얼마든지 볼 수 있도록 맛깔나는 옛이야기로 담아냈습니다. 장대한 역사와 위대한 문화유산을 배우기에 옛이야기만큼 좋은 형식도 없기 때문입니다.

   대한민국 국민으로서 알아야 하고 전해야 할 우리 것, 우리 얘기는 아주 많습니다. 그동안 이 시리즈를 통해 많은 어린이가 우리 것을 알게 되고, 우리 얘기를 사랑하게 되었을 것입니다. 시간이 흘러도 역사와 전통문화의 향기는 변하지 않기 때문입니다.

하지만 저희는 그 향기를 담아내는 그릇이 그간 색이 바래고 빛을 잃었다는 사실에 가슴이 아프고 안타까웠습니다. 그래서 책에서 전하는 우리 것의 향기를 오롯이 담아낼 수 있는 새로운 그릇을 찾고자 하였습니다. 그 그릇을 통해 향기가 더욱 그윽해지고 멀리까지 퍼져서 수백 년, 수천 년 전의 우리 것이 오늘날에도 살아 숨 쉴 수 있도록 생명력을 주고자 하였습니다.

이에 몇 가지 원칙을 가지고 『오십 빛깔 우리 것 우리 얘기』 시리즈를 새롭게 출간하게 되었습니다.

◎ 원작이 가지는 옛이야기의 맛과 멋을 그대로 살렸습니다.

◎ 요즘 독자들의 감각에 맞추어 디자인과 그림을 50권 전권 전면 개정하였습니다.

◎ 교과 학습의 길잡이가 될 수 있도록 연계 교과를 표시하였습니다.

◎ 학습정보 코너는 유익함과 재미를 함께 줄 수 있도록 4컷 만화, 생생 인터뷰,
   묻고 답하기 등으로 내용을 재구성하였고, 최신 정보와 사진을 수록하였습니다.

◎ 도표, 연표, 역사신문, 체험학습 등으로 권말부록을 풍성하게 꾸며서
   관련 교과 학습을 강화하였습니다.

이 책을 처음 읽었을 8살 꼬마 독자는 지금쯤 나라와 민족에 긍지를 가진 25살 자랑스러운 대한민국 청년이 되었을 것입니다. 그 청년이 부모가 되어서도 자녀에게 다시 권할 수 있는 그런 책이 되기를 바라며, 이 시리즈를 오십 빛깔 그릇에 정성껏 담아 내어놓습니다.

2010년 가을 주니어중앙

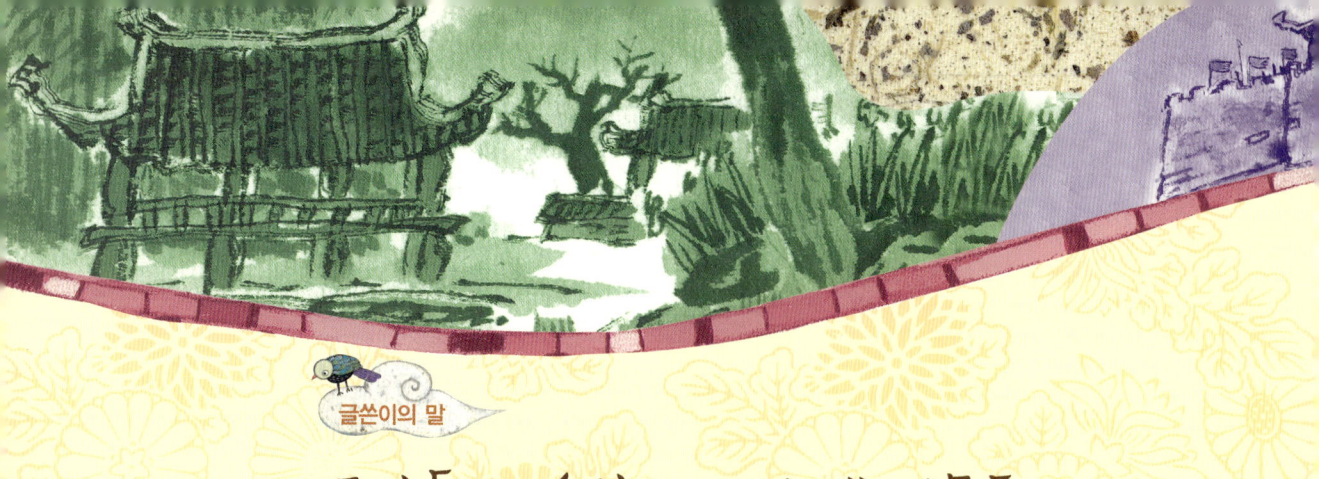

조상들의 숨결이 배인 옛 건물들

어린이 여러분!

우리 조상들은 어떻게 살았을까요? 어떤 집에서 살았고, 어떤 학교에 다녔을까요? 타임머신을 타고 옛날로 돌아가 구경을 하면 재미있겠지요?

그런데 타임머신이 없어도 우리 조상들이 어떻게 생활했는지 알 수 있는 방법이 있어요. 그것은 우리 조상들이 만들고, 생활했던 건축물들을 찾아보는 거예요.

우리 주위에는 조상들의 숨결이 배어 있는 훌륭한 건축물들이 많이 남아 있어요. 기와집, 초가집, 궁궐, 성, 다리, 정자, 향교, 절, 고분 같은 것들이 바로 그것이지요.

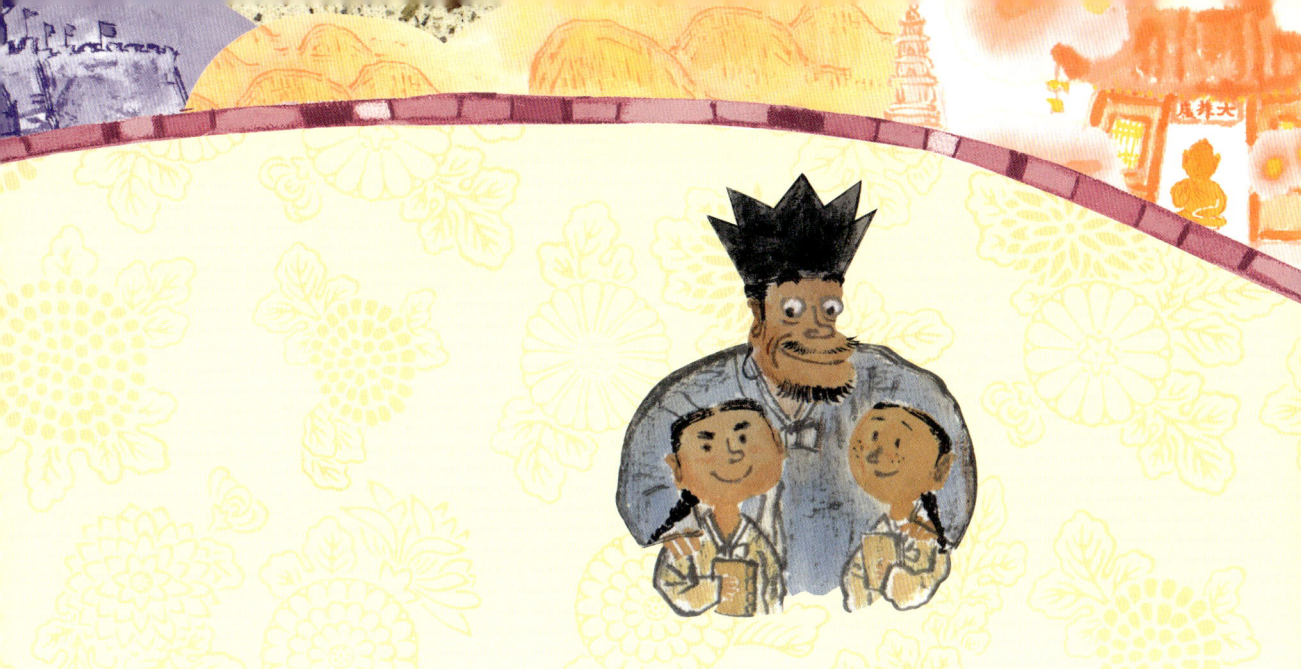

　기와집에는 양반들의 힘과 멋이 깃들어 있고, 초가집은 둥글고 착한 우리 조상들의 마음을 닮았어요. 궁궐은 역사와 문화가 피어난 곳이고, 성은 우리의 국토를 지켜 온 소중한 곳이에요. 또 정자에는 자연을 닮으려는 조상들의 마음이 담겨 있고, 다리는 그 하나에도 멋과 정성과 깊은 생각이 담겨 있지요.

　어린이 여러분, 이제 각각의 건축물들이 들려주는 얘기에 귀 기울여 보세요. 그러고 나서 고궁이나 민속촌, 또는 여러분들 주위에 있는 옛 건축물들을 만나 보세요. 그러면 우리 조상들의 지혜와 멋을 흠뻑 느낄 수 있을 거예요.

　이 책을 통해 여러분들이 조상들의 숨결을 느끼고, 우리 조상들이 남겨 준 것들을 소중히 여기는 마음을 갖게 되길 바랄게요.

어린이의 벗 우리누리

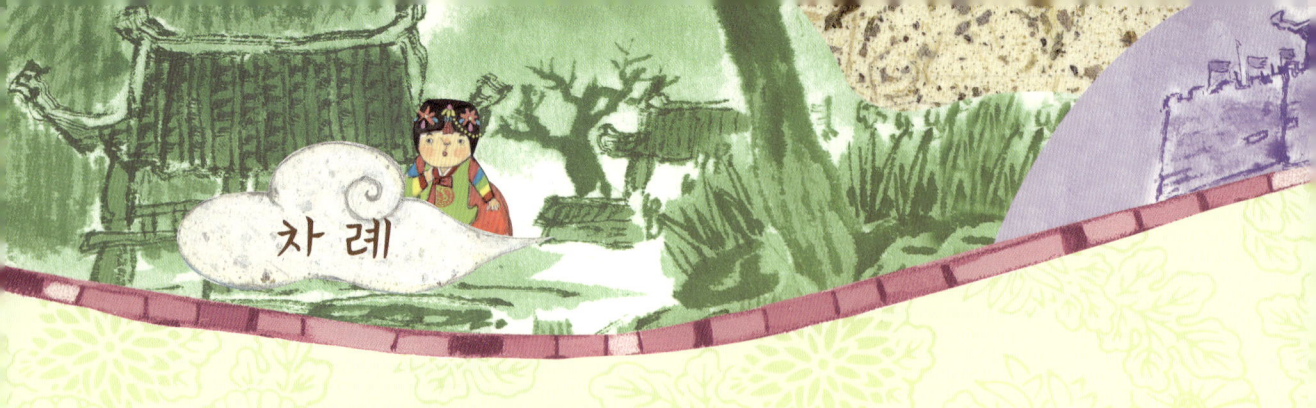

차 례

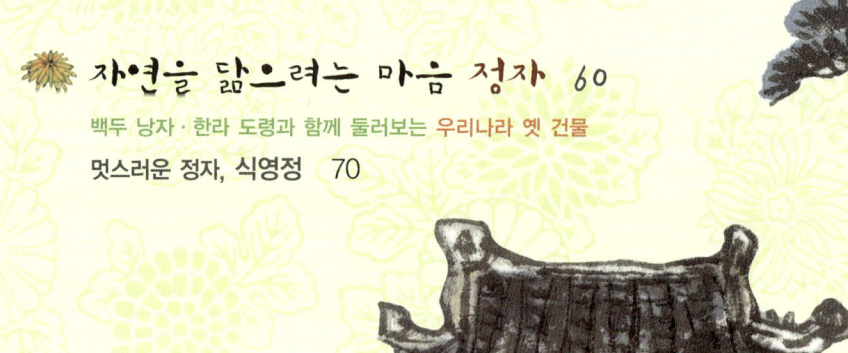

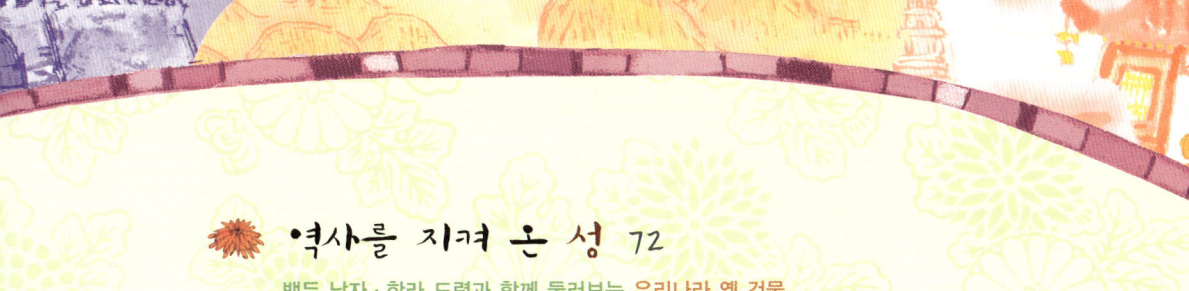

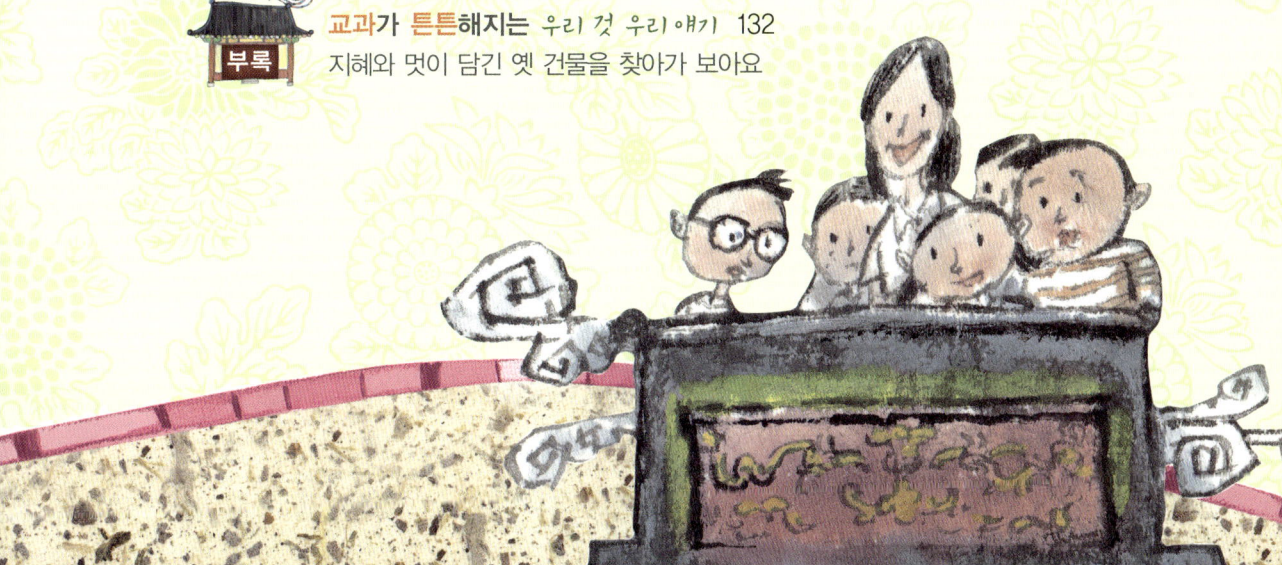

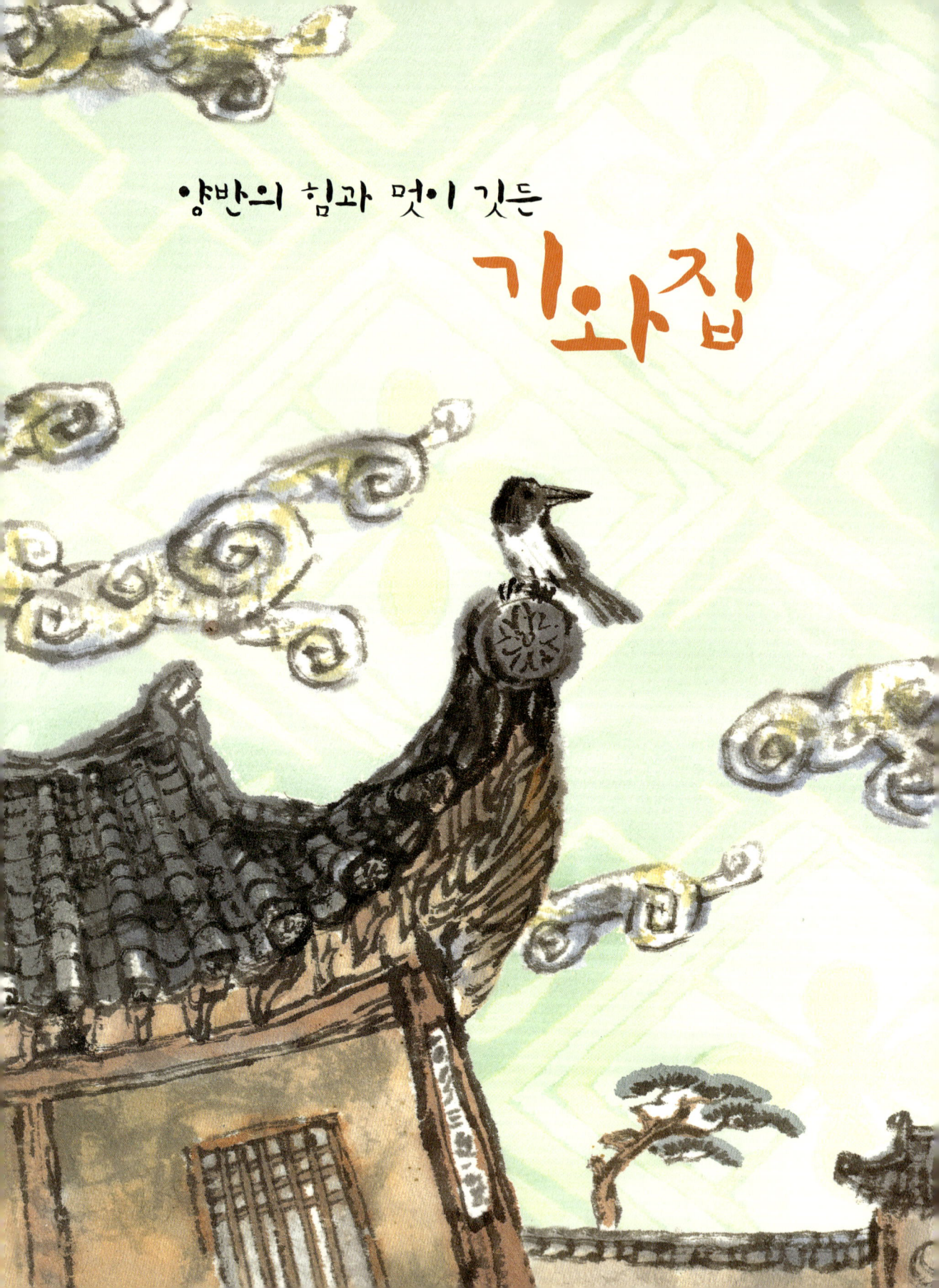

양반의 힘과 멋이 깃든

기와집

"박 서방 게 있느냐!"

김 대감의 목소리가 마당에서 크게 울렸어요.

"나리, 부르셨습니까?"

박 서방이 재빨리 달려와 김 대감 앞에 섰어요. 박 서방은 이 집의 집사예요. '집사'는 집안일을 맡아보는 사람이지요. 그래서 박 서방은 김 대감이 부르면 금세 달려올 수 있도록 늘 주인 근처에 있었어요.

"오늘이 제사인 것을 잊었느냐? 사당 주변이 왜 저리 지저분한 거야! 늘 정성껏 살피라고 그렇게 일렀거늘……."

좀처럼 큰 소리를 내지 않던 김 대감이 몹시 화를 냈어요. '사당'은 돌아가신 조상들의 영혼을 모시는 집이에요. 옛사람들은 조상이 자손들을 보살피고 복을 내려 준다고 믿었어요. 그래서 부잣집에서는 집 뒤편에 건물을 따로 지어 놓고, 그곳에서 조상님의 은혜에 감사하며 제사를 지냈어요. 가난해서 따로 사당을 지을 수 없는 집에서는 방 한쪽이나 마루에 사당 모양의 그림을 올려놓고 제사를 지내기도 했지요.

"죄송합니다. 다시는 그런 일이 없도록 단단히 이르겠습니다."

"제사 준비에 소홀함이 없게 다시 한 번 주의시키거라."

김 대감의 말이 끝나자마자 박 서방은 대문 옆 행랑채로 가서 하인들을 불러 모았어요. '행랑채'는 하인들이 생활하는 곳이에요.

"사당 주변에는 항상 티끌 하나 없도록 해야 하는 걸 잊었더냐? 더구나 오늘 같은 제삿날에는 더 신경을 써야 하는데 도대체 뭣들 하고 있는 거야. 그리고 돌쇠, 너는 어딜 그렇게 쏘다니는 거냐?"

"돌쇠는 삼월이 꽁무니 쫓아다니느라 얼마나 바쁜지 몰라요."

점례가 입을 삐죽거리며 고자질을 했어요. 이 말에 모두들 웃음을 삼키며 삼월이를 쳐다보았어요. 그러자 삼월이는 얼굴이 빨개

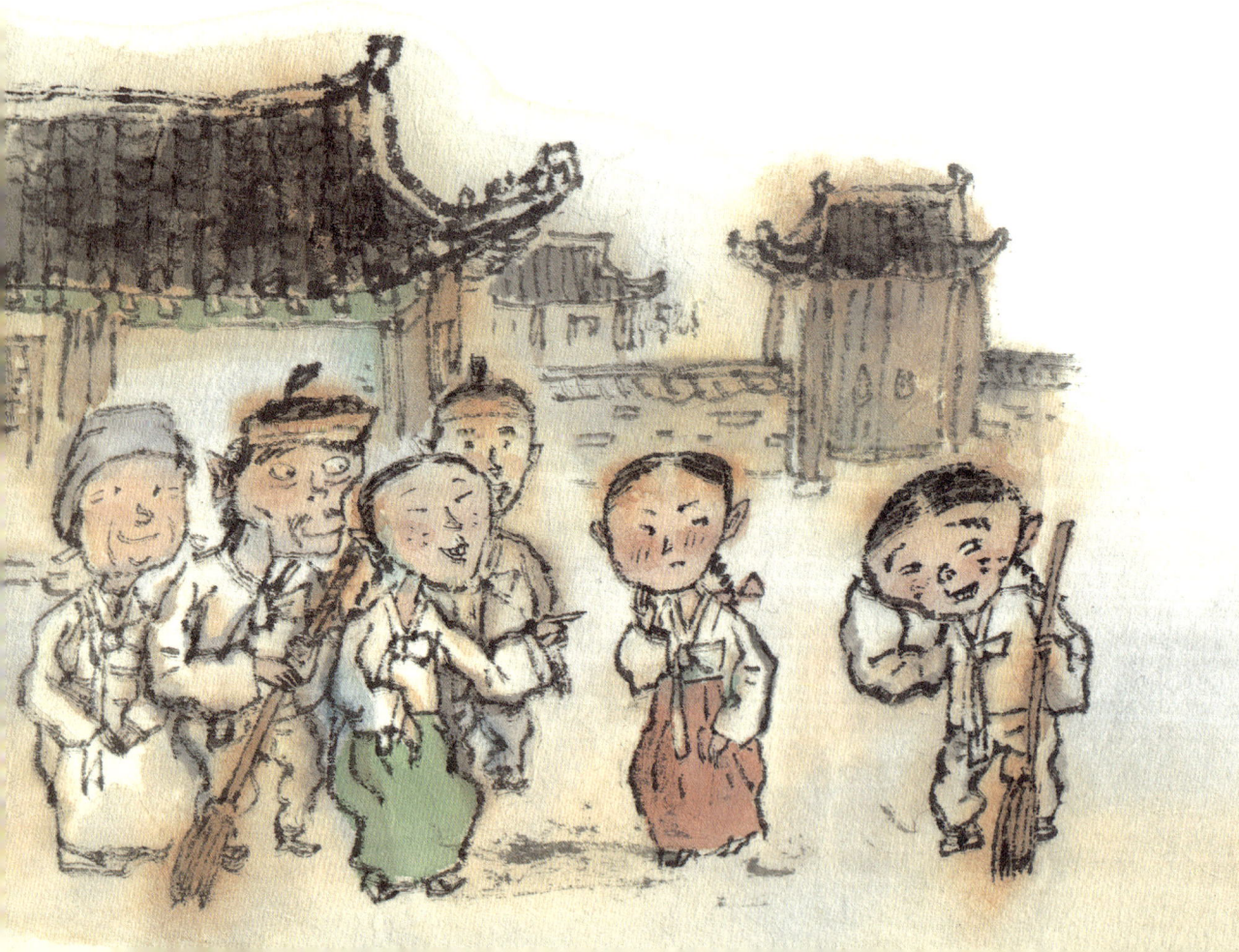

져서 돌쇠를 쏘아보았어요.

"삼월이는 그만 안채로 가 보거라. 큰 마님이 찾으신다. 그리고 모두 서둘러라."

삼월이는 돌쇠가 보기 싫어 박 서방의 말이 끝나자마자 재빨리 안채로 갔어요.

양반집에는 여자들이 생활하는 곳과 남자들이 생활하는 곳이 따로 나뉘어 있었어요. '안채'는 여자들이 사용하는 곳으로, 부엌과

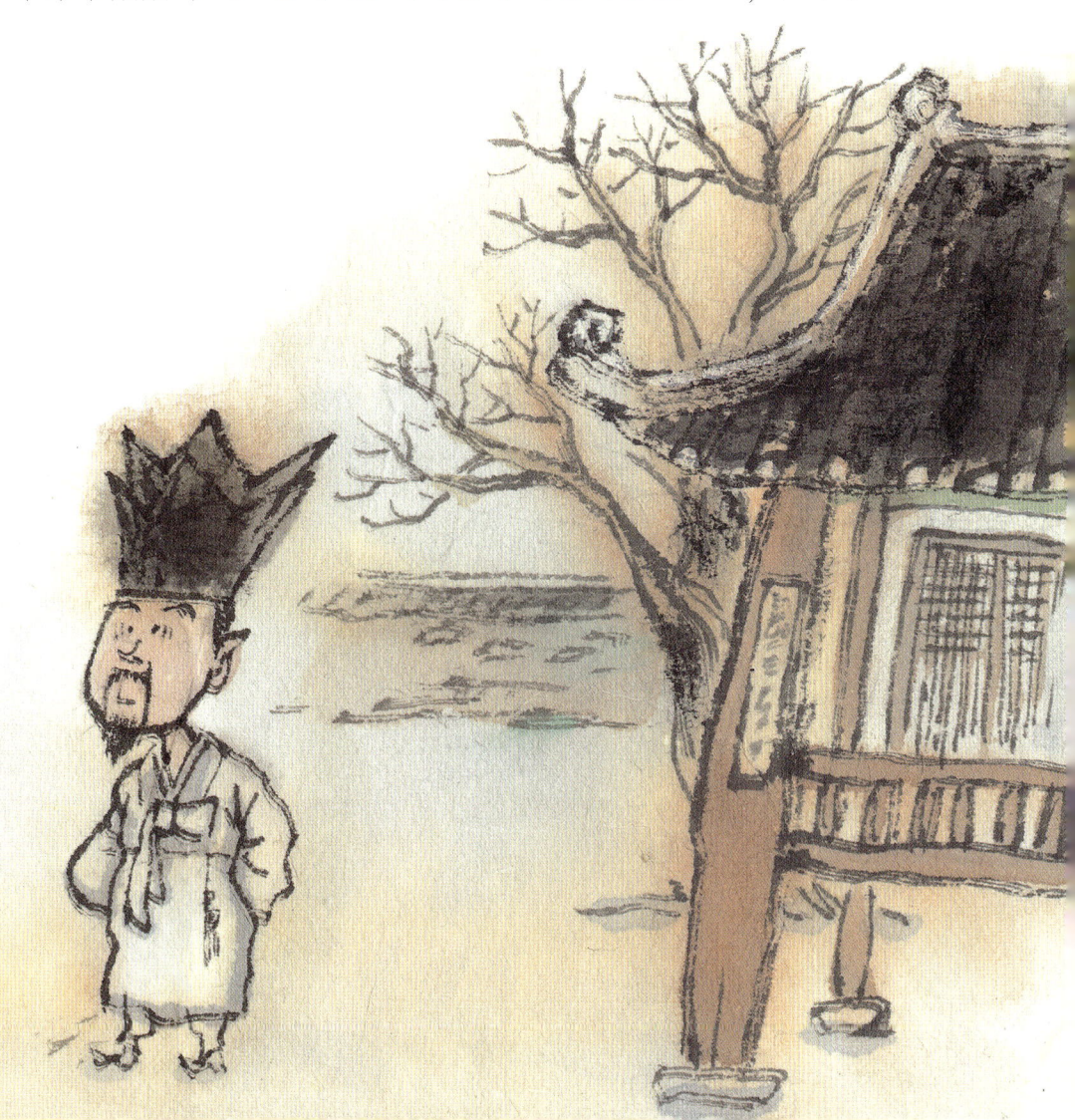

음식 재료나 음식을 넣어 두는 찬방 등이 함께 있었어요. 안채에는 밖에서 보이지 않도록 담을 쌓았어요. 그래서 안채에 아무나함부로 드나들 수 없었고, 여자들도 안채 밖으로 나오는 일이 거의 없었지요.

남자들이 지내는 곳은 '사랑채'라고 해요. 사랑채에는 아버지가 쓰는 큰사랑과 아들이 쓰는 작은사랑이 있었어요. 또 책을 쌓아 두고 글을 읽는 서실도 이곳에 두었지요. 조선 시대에는 남자들만 글을 읽는 것이라고 여겼기 때문이에요.

남자들은 늘 사랑채에서 지내면서 안채에 필요한 일이 있으면하인들을 시켜 해결했어요. 밥을 먹을 때도 식구들이 모여서 먹지

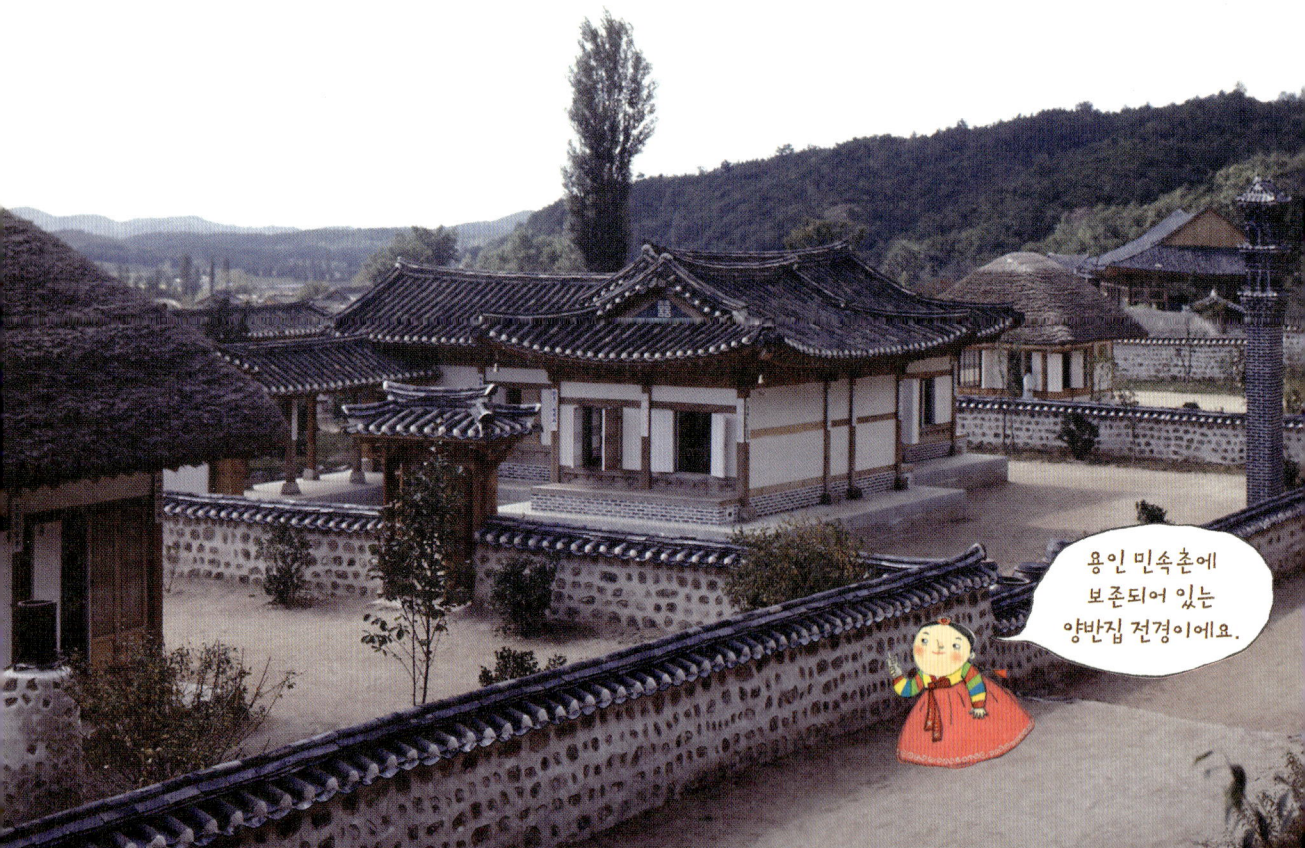

용인 민속촌에
보존되어 있는
양반집 전경이에요.

않고 따로따로 먹었어요. 그러고 보면 양반들은 참 복잡하게 산 것 같지요?

"마님, 부르셨습니까요?"

삼월이는 안방 앞에서 조심스럽게 물었어요. '안방'은 안채의 가장 어른인 시어머니가 쓰는 방이에요. 며느리는 건넌방을 썼어요. 건넌방은 '머릿방'이라고도 불렀어요.

"음식 준비는 잘하고 있겠지? 내가 잠시 뒤에 나가 볼 터이니 그리 일러라."

"알겠습니다."

갑자기 삼월이의 발걸음이 바빠지기 시작했어요. 삼월이는 여기 저기 다니며 큰마님이 나오실 거라고 귀띔을 해 주었어요. 그러자 음식을 준비하는 찬방과 부엌은 더욱 바빠졌어요.

"이만하면 큰마님도 만족하시겠지?"

안채에서는 모든 음식 준비가 끝났어요. 집 안도 구석구석까지 다시 한 번 쓸고 닦았어요.

"이리 오너라!"

김 대감의 친척들이 솟을대문 안으로 들어서기 시작했어요. '솟을대문'은 높은 양반집에서나 볼 수 있던 문이에요. 대문이 지붕보다 높이 솟았다고 해서 솟을대문이라고 하지요.

친척들이 모두 모이고 밤이 깊어지자 사당에 향이 피워졌어요. 제사가 시작된 거예요. 김 대감은 조상들의 은혜에 감사드리고, 앞으로도 잘 보살펴 달라고 빌었어요.

양반들이 살았던 집은 아주 넓은 터에 여러 채의 건물들이 빙 둘러서 있는 형태였어요. 행랑채·안채·사랑채·방앗간·마구간·광 등이 둘러서 있는 모습이 마치 작은 마을 같았어요.

사람이 생활하는 곳은 대부분 방과 마루로 이루어져 있었어요. '마루'는 얇게 켠 나무를 넓게 깔아 놓은 곳이에요. 밑에는 텅 비

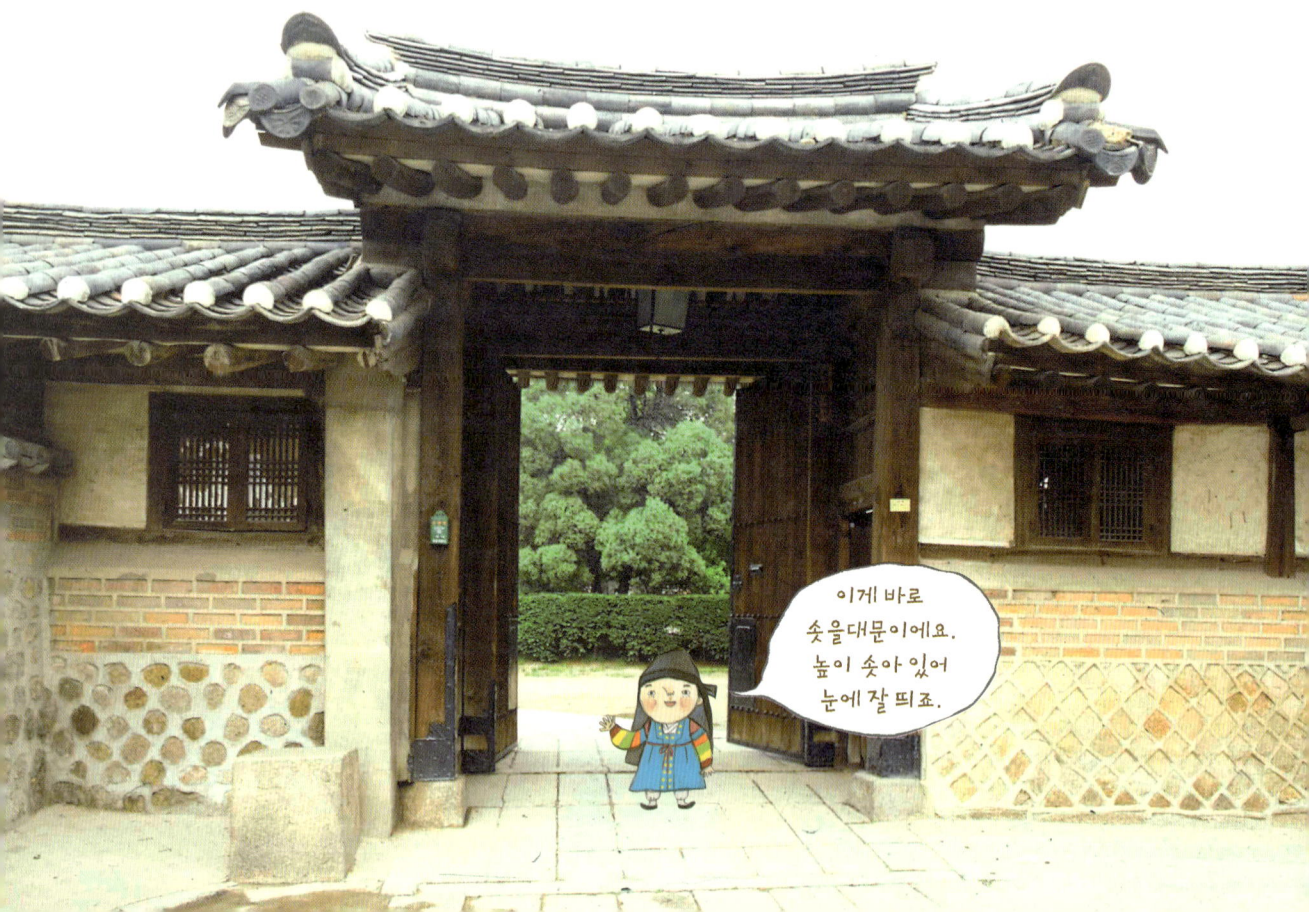

이게 바로 솟을대문이에요. 높이 솟아 있어 눈에 잘 띄죠.

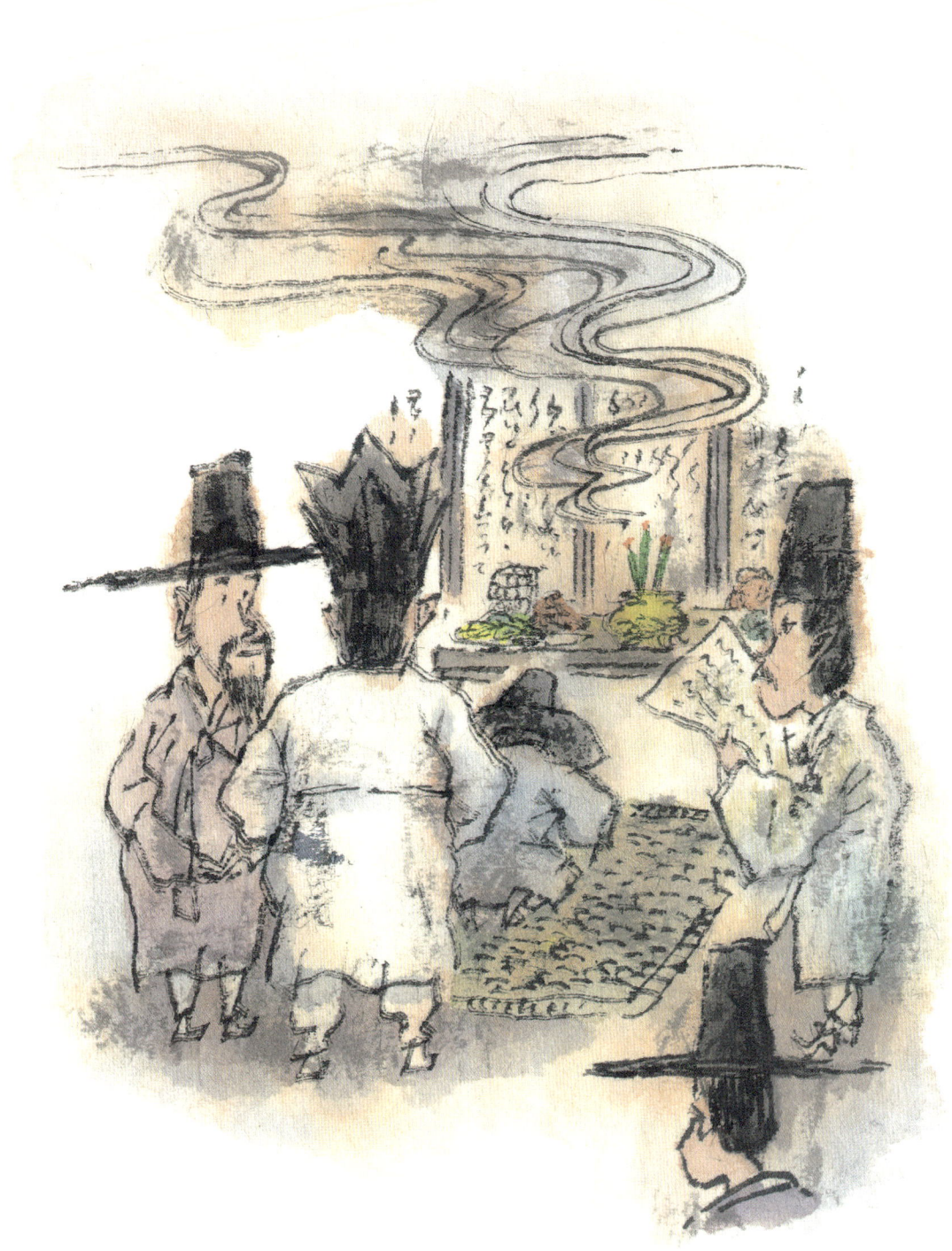

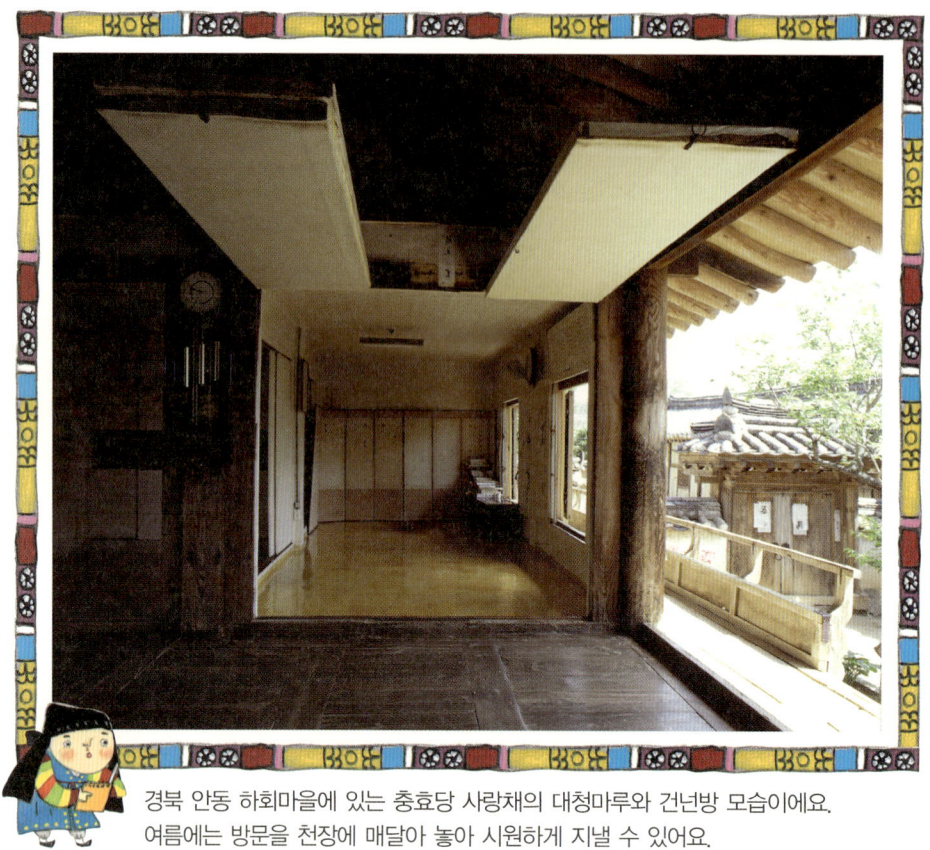

경북 안동 하회마을에 있는 충효당 사랑채의 대청마루와 건넌방 모습이에요.
여름에는 방문을 천장에 매달아 놓아 시원하게 지낼 수 있어요.

워 둔 채 아무것도 채워 넣지 않았어요. 그래서 마룻바닥은 항상
차가웠지요. 이렇게 우리나라 집은 따뜻한 방과 차가운 마루가 조
화를 이루도록 하였어요.

지붕에는 기와를 얹었어요. '기와'는 좋은 점토로 빚은 지붕 재
료예요. '모골' 또는 '와범'이라고 불리는 틀에 점토를 넣고 모

양을 만들어요. 그런 다음 가마에서 높은 온도로 구워 만들지요. 가장 오래된 기와는 약 3,000년 전에 중국의 주나라에서 사용되었던 것이라고 해요.

이렇게 만들어지는 기와는 당연히 값이 비쌌어요. 그래서 가난한 백성들은 기와를 이용하지 못하고 양반집에서만 쓸 수 있었어요. 그러니까 기와집은 곧 양반집이라고 할 수 있었지요.

기와지붕은 끝이 높이 올라가 있어요. 그래서 아주 큰 양반집을 두고 '날아갈 것 같은 기와집'이라고 표현하기도 해요.

기와집은 크기에 따라 60칸 집, 70칸 집 등이라 불렸어요. 한 칸은 180센티미터 정도의 길이예요. 60칸 집은 건넌방 2칸, 대청 2칸, 사랑방 3칸, 서실 1칸 등 집 안의 모든 건물들을 합한 수가 60칸이라는 뜻이에요. 가장 큰 집은 아흔아홉 칸이나 됐어요.

그러면 백 칸 이상 되는 집은 없었냐고요? 물론 있었지요. 그것은 바로 궁궐이었어요. 백성들은 임금보다 더 큰 집에서 살 수 없다고 해서 아흔아홉 칸까지만 지을 수 있었던 거예요.

기와지붕의 날렵한 모양새, 널찍한 대청마루, 화려하지 않지만 자연을 느낄 수 있는 뒤뜰 등은 기와집에서만 찾아볼 수 있어요. 그곳에는 조상들의 지혜와 멋을 아는 마음이 담뿍 담겨 있답니다.

구름 속 새가 사는 집, 구례 운조루

　전라남도 구례의 토지면은 '금환락지'라고 불리는 곳이에요. 땅의 모양이 금반지처럼 생긴 명당이지요. '명당'은 땅의 기운이 좋아서 집을 지으면 큰 부자가 된다고 여기는 곳이에요. 이러한 명당에 지어진 대표적인 기와집이 바로 '운조루'예요.

　운조루는 1776년에 유이주라는 사람이 세웠어요. 유이주는 이 땅의 모양을 보자마자 무척 좋은 터라는 것을 알았어요. 그래서 집을 짓기로 마음먹었지요. 물론 다른 사람들도 이곳이 명당이라는 것을 몰랐던 것은 아니에요. 하지만 험한 바위로 가득한 곳이어서 미처 집 지을 생각은 못했던 거지요.

전라남도 구례에 있는 운조루의 모습이에요.

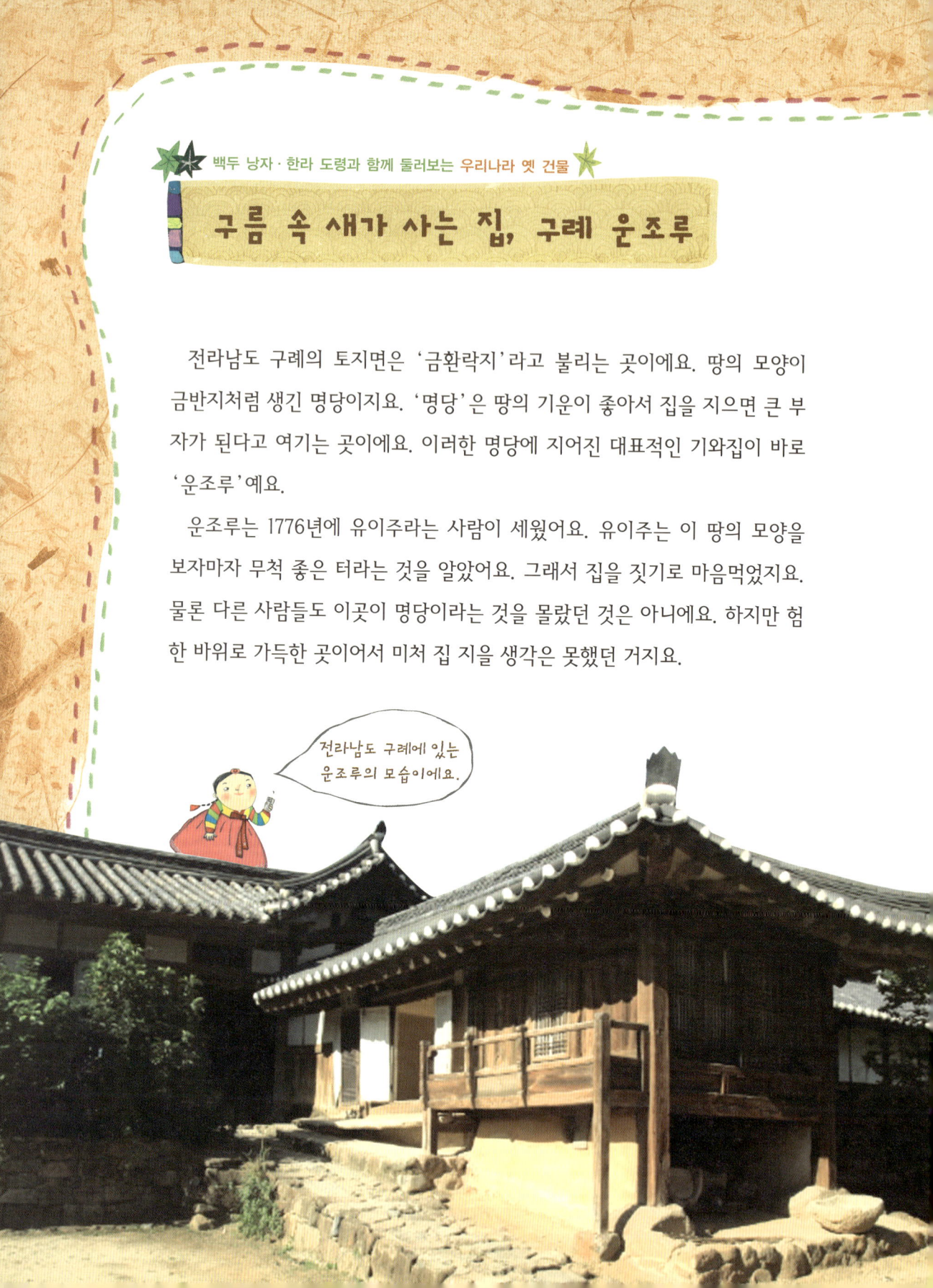

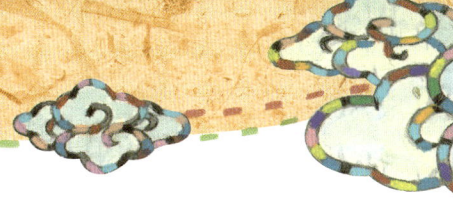

　　그러나 유이주는 달랐어요. 그는 7년이나 걸려 바위를 파내고 집을 지었어요. 한번은 땅을 파는데 어린아이 머리 크기만 한 돌거북이 나왔다고 해요. 그곳이 명당임을 다시 한 번 증명해 준 셈이지요.

　　명당에 집을 지은 덕분인지 그 집안은 점점 더 부자가 되었어요. 그래서 한때는 아흔아홉 칸 건물에 백 명이 넘게 살았다고 해요.

　　운조루는 웅장한 궁전의 모습을 닮았어요. 그렇지만 화려한 장식을 하지 않아 소박한 멋이 우러나지요. 또한 비를 맞지 않고도 건물 전체를 돌아다닐 수 있도록 돼 있어요.

　　현재, 건물은 60칸 정도만 남아 있지만, 일자로 늘어선 행랑채와 높이 솟아 있는 솟을대문은 지금도 옛날 그대로랍니다.

꼼꼼 지식 돋보기

운조루 뒤꼍에는 쌀뒤주가 놓여 있어요. 가난한 사람들이 부끄러워하거나 미안해하지 않고 마음껏 쌀을 퍼갈 수 있도록 일부러 이곳에 놓아 두었지요. 예전부터 이곳 주인은 매월 말 뒤주를 열어 보고 쌀이 남아 있으면, "덕을 베풀어야 집안이 오래간다. 당장에 이 쌀을 주변사람들에게 나눠 주어라."며 나눔을 실천했답니다.

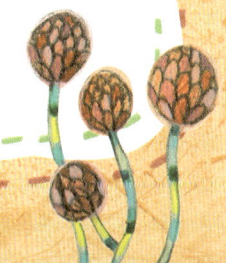

둥글고 착한 마음을 닮은

초가집

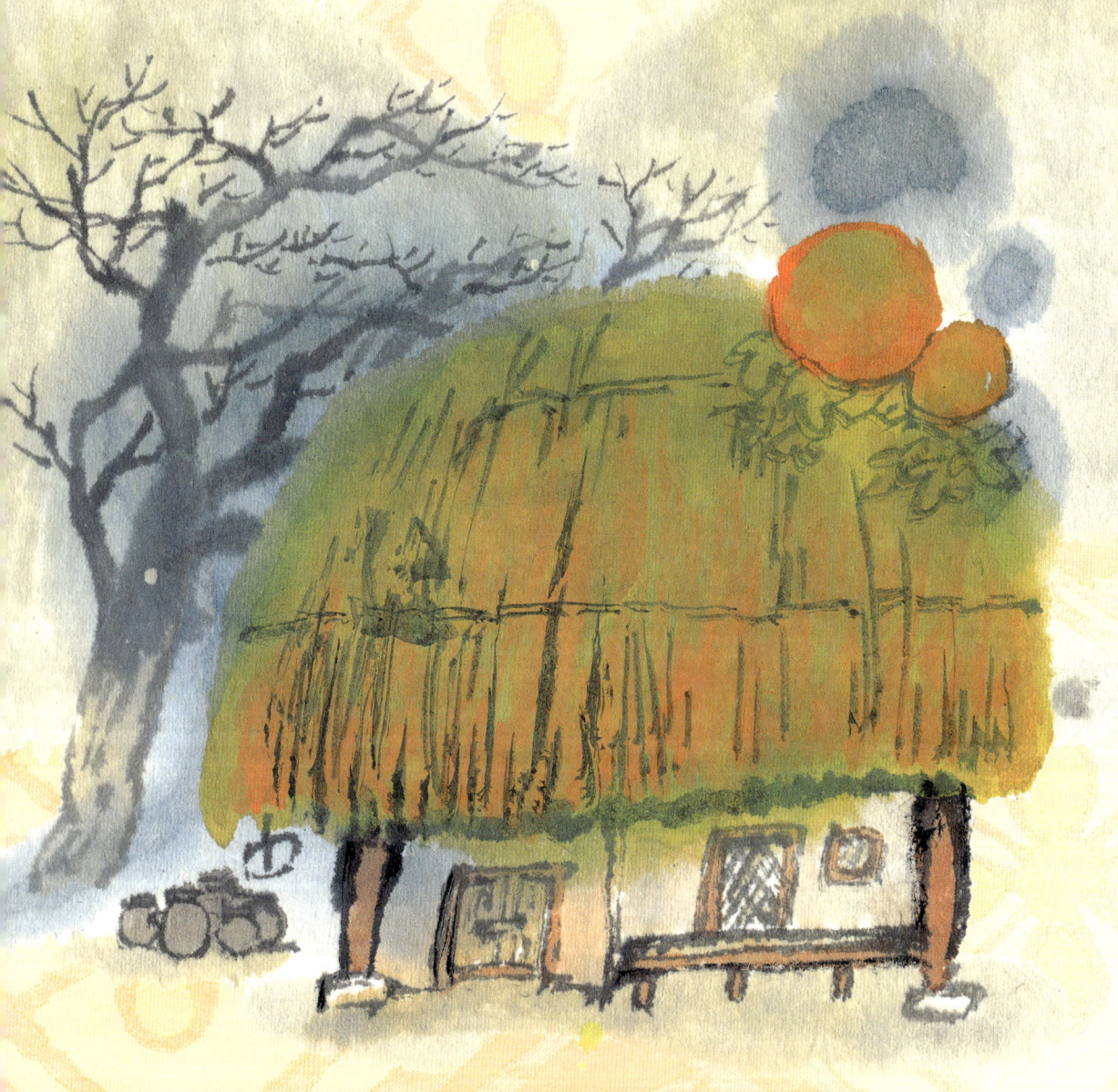

"모두 일찍 나왔구먼."

"아침은 먹었나?"

곰방대를 문 순이 아버지가 큰 소리로 인사를 했어요. 그러자 양지 쪽에 모여 있던 마을 어른들도 반갑게 대꾸해 주었어요.

"벌써 많이들 엮었구먼."

마을 어른들은 이엉을 엮거나 새끼를 꼬고 있었어요. '이엉'은 지붕을 덮기 위해 엮은 짚이에요. 또 짚으로 꼬아 만든 줄을 '새끼'라고 해요. 이것은 모두 내일 순덕이 집 지붕을 덮는 데 쓸 것들이었어요. 추수를 끝낸 초겨울에는 농사일이 없기 때문에 이렇게 집 안 곳곳을 손보거나 다음 해 농사를 준비했지요.

"올해는 농사가 잘돼서 온 마을 지붕들이 새 옷을 입게 되어 다행이야."

"그러게. 내년에도 이렇게 풍년이 들면 얼마나 좋을까?"

어른들은 즐겁게 얘기를 나누며 쉬지 않고 이엉을 엮어 나갔어요.

"막걸리는 많이 받아 놨나?"

돌이 아버지가 순덕이 아버지를 향해 장난스럽게 말했어요.

"막걸리 가지고는 안 돼. 제일 먼저 새 지붕을 얹는데 다른 것도 있어야지."

"걱정 말게. 이것저것 푸짐하게 준비해 놓을 테니."

예전에는 혼자서 하기 힘든 일이 있을 때면 마을 사람들이 힘을 합쳐 도와주었어요. 그러면 주인집에서는 고마워하며 음식을 대접했지요.

어느새 한쪽에는 야무지게 엮인 이엉이 수북이 쌓였어요.

"그만하세. 이만하면 충분하겠네."

"그렇게 하지. 그럼 내일 아침에 보자고."

다음 날, 아침 일찍 어른들은 순덕이 집으로 모였어요.

"자, 시작하자구!"

돌이 아버지와 덕배 아버지가 사다리를 타고 지붕 위로 올라갔어요. 일 년 동안 비바람을 맞아 까맣게 썩은 이엉을 걷어 내자,

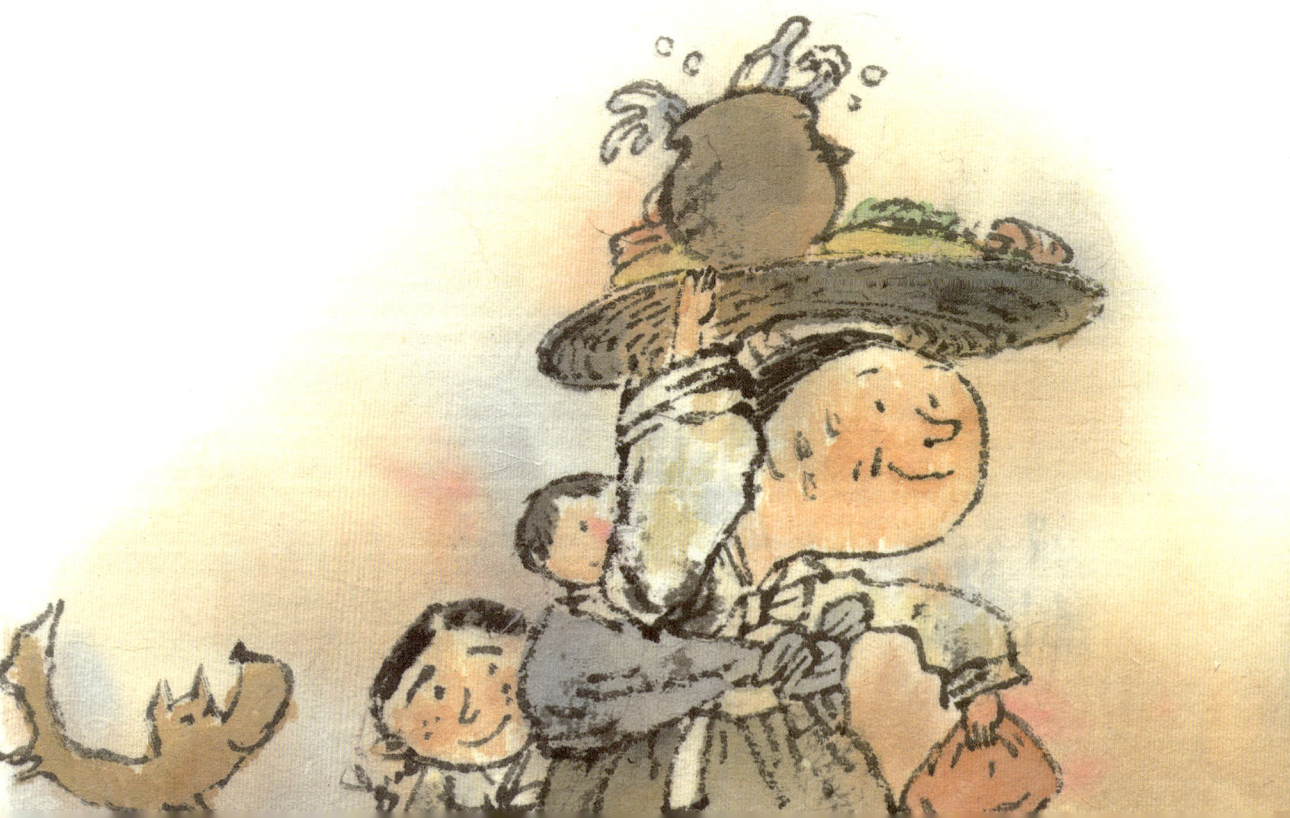

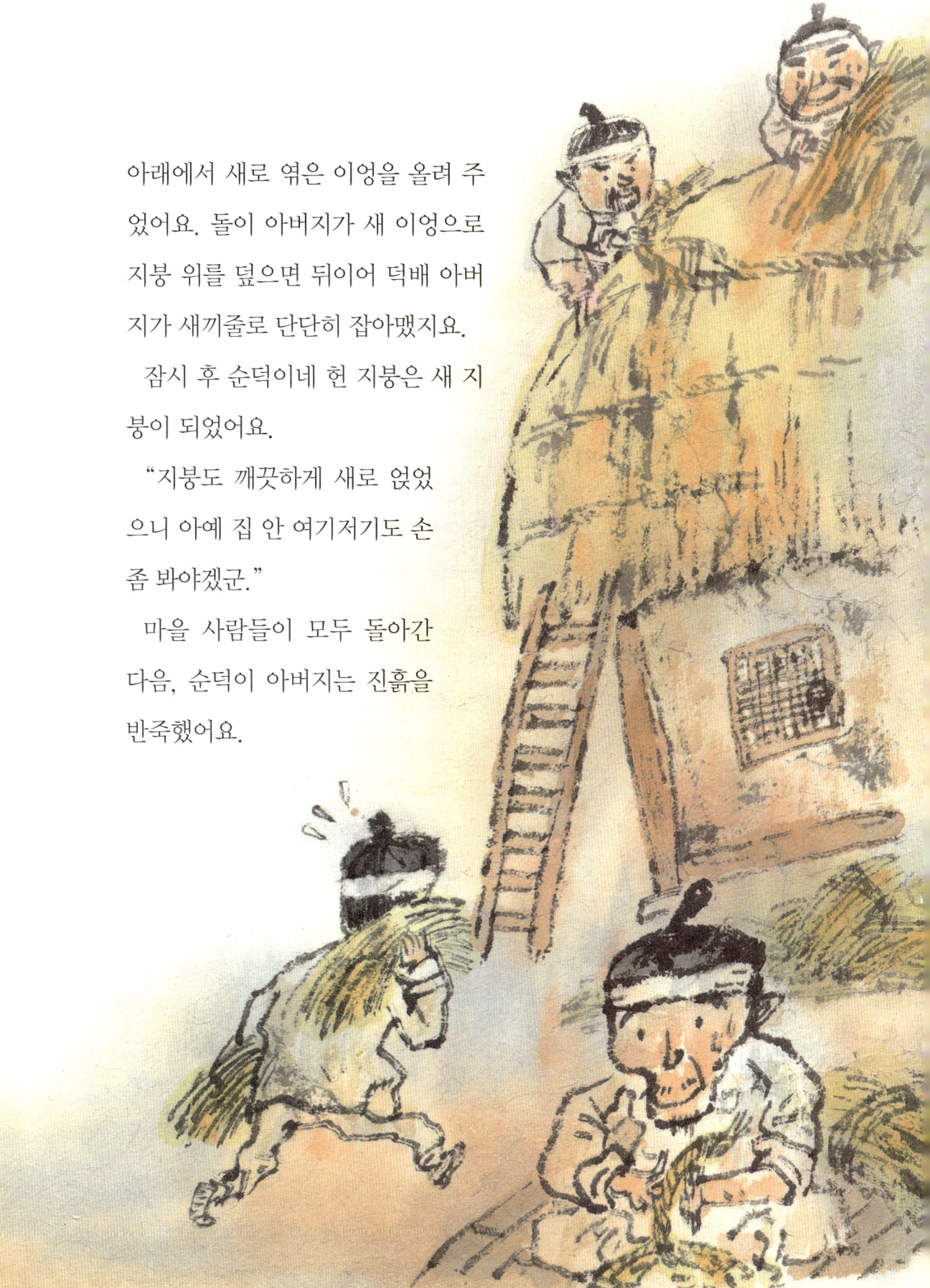

아래에서 새로 엮은 이엉을 올려 주
었어요. 돌이 아버지가 새 이엉으로
지붕 위를 덮으면 뒤이어 덕배 아버
지가 새끼줄로 단단히 잡아맸지요.
　잠시 후 순덕이네 헌 지붕은 새 지
붕이 되었어요.
　"지붕도 깨끗하게 새로 얹었
으니 아예 집 안 여기저기도 손
좀 봐야겠군."
　마을 사람들이 모두 돌아간
다음, 순덕이 아버지는 진흙을
반죽했어요.

시멘트가 없었던 옛날에는 진흙에 짚을 섞어 사용했어요. 그러면
쉽게 부서지지 않았거든요.

"아버지, 뭐 하시려고요?"

순덕이가 물었어요.

"더 추워지기 전에 아궁이를 좀 손보려고……."

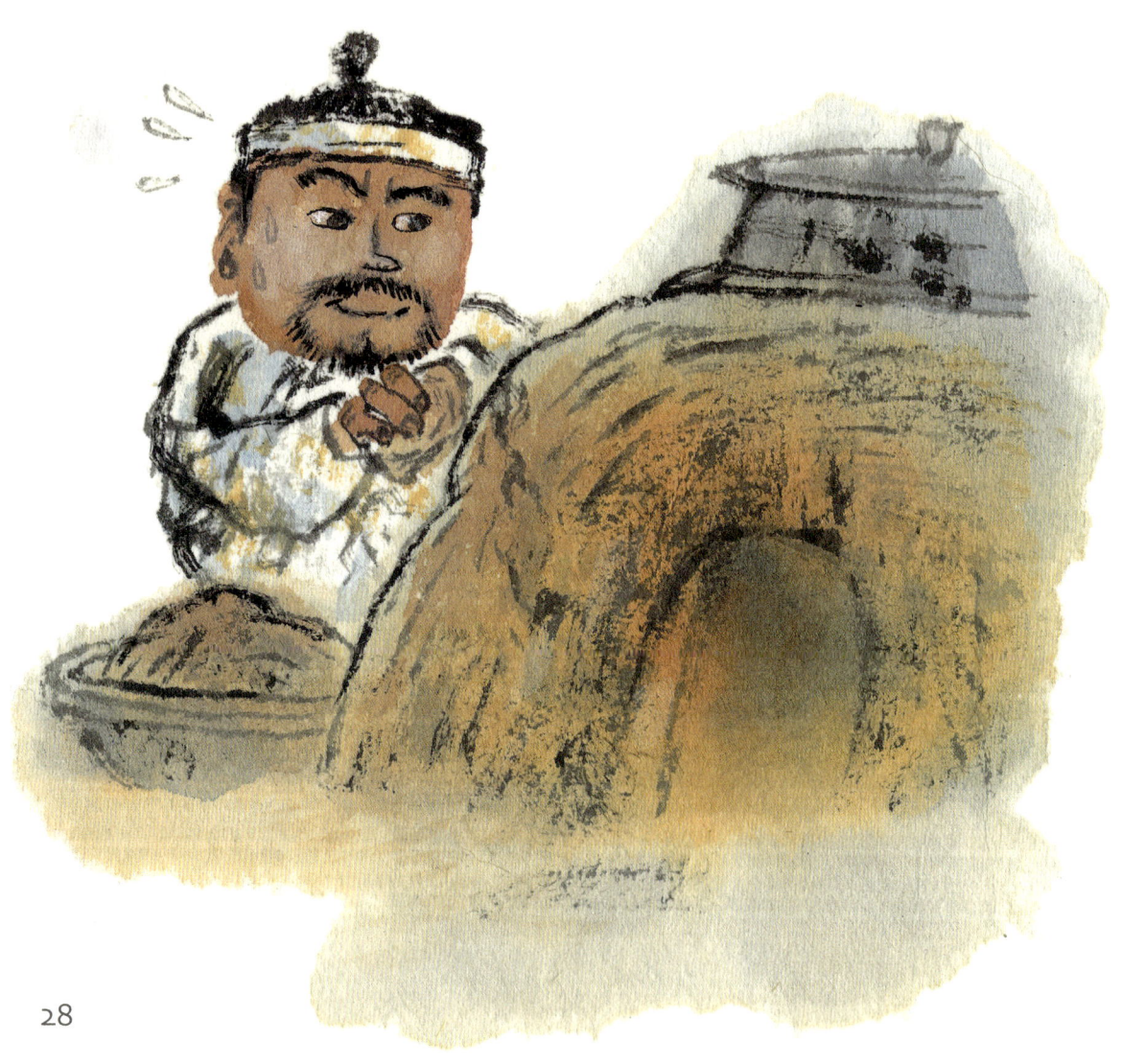

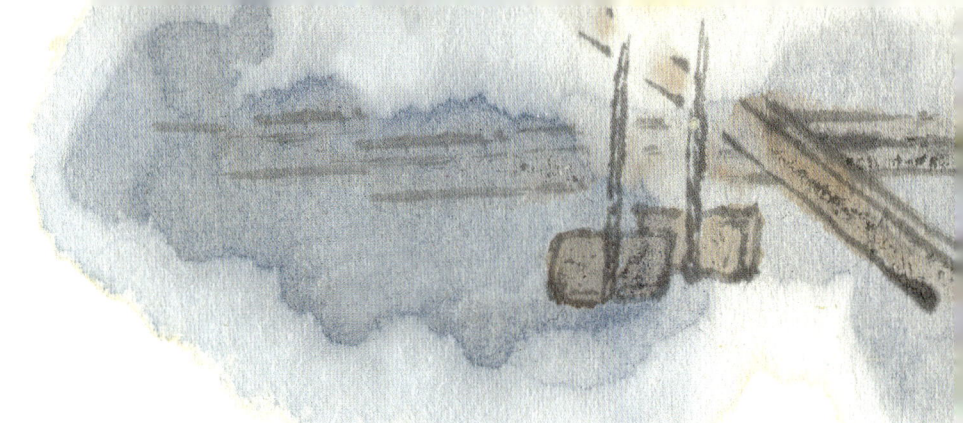

부엌에는 불을 때는 아궁이가 있었어요. 아궁이 위에 솥을 걸어 놓고 불을 때서 밥을 하면 방도 따뜻해졌지요. 부엌과 방이 연결되어 있었기 때문이에요. 방바닥에는 '구들장'이라는 넓고 얇은 돌을 깔았어요. 아궁이에 불을 때면 이 구들장이 달구어져서 방이 따뜻해지는 거예요. 그래서 옛날 방에는 아랫목과 윗목이 있었어요. 아궁이에서 가까운 곳이 아랫목이지요.

아버지가 일을 하는 동안 순덕이와 순돌이는 툇마루에 올라앉아 가위바위보를 했어요. '툇마루'는 방문 앞에 나무 조각을 여러 개 이어 만들어 놓은 곳이에요.

"와, 내가 이겼다. 누나! 내 자리 차지하면 안 돼. 알았지?"

오늘은 순돌이가 아랫목에서 자게 된 모양이에요. 추운 겨울에는 형제들끼리 서로 아랫목을 차지하려고 다투기도 했어요.

"그렇게 아랫목을 서로 차지하려고 다툴 것 없다. 아궁이를 고쳤으니까 이제 방이 따뜻할 거야."

순덕이 아버지는 금세 아궁이를 고쳤어요. 남은 진흙으로는 금

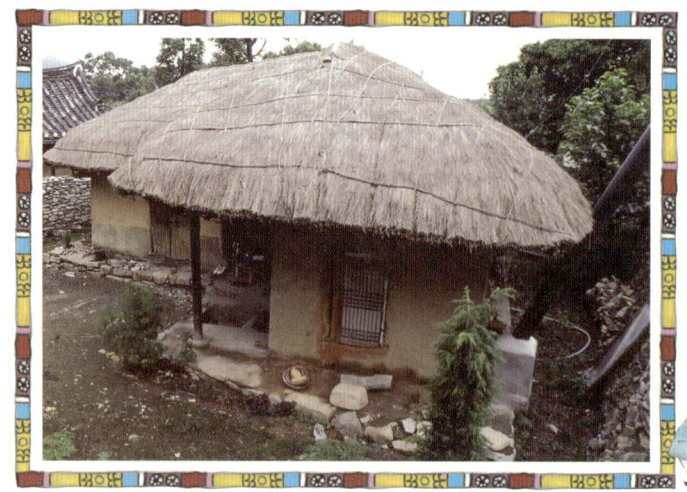

벗짚으로 지붕을 이은 초가집이에요.

이 간 담벽을 고쳤어요. 그러자 순덕이 집은 정말 새 집처럼 보였어요.

옛날 사람들은 모두 순덕이 아버지처럼 자기 집은 스스로 고쳤어요. 집을 지을 때도 마찬가지였어요. 뒷산에서 나무를 베어 와 도끼로 대충 잘라 뼈대를 세웠어요. 그리고 그 위에 진흙으로 벽을 발랐지요. 이렇게 거칠게 지은 집은 '도끼집'이라고 불렀어요.

순덕이네처럼 가난한 백성들은 볏짚으로 지붕을 덮었어요. 대부분 농사를 지었기 때문에 볏짚을 손쉽게 구할 수 있었거든요. 이런 집을 '초가'라고 해요.

볏짚은 여러 가지 장점이 있어요. 우선 가볍기 때문에 지붕을 받쳐 주는 나무가 굵지 않아도 돼요. 또한 짚으로 지붕을 덮으면 여름에는 바람이 잘 통해 집 안이 시원하고, 겨울에는 찬 공기를 막아 주어 따뜻했어요. 그래서 우리나라처럼 여름과 겨울의 온도 차이가 심한 곳에서는 아주 알맞은 지붕 재료였지요. 더구나 농사를 지어 곡식을 얻고, 그 나머지를 이용하는 것이니 그야말로 '꿩 먹고 알 먹고' 아니겠어요?

그 밖에도 볏짚은 쓰이는 곳이 많았어요. 볏짚으로 불을 때서 음식을 만들거나 방을 따뜻하게 했고요. 또, 엮어서 농사에 쓸 물건을 만들기도 했지요.

볏짚 말고 다른 재료로 초가의 지붕을 덮기도 했어요. 샛집이나 너와집, 굴피집 같은 집들이 그런 경우지요.

'샛집'은 새로 지붕을 엮은 집이에요. '새'는 산과 들에서 자라는 억새나 벼과의 풀들을 통틀어 이르는 말이에요. 농사를 짓지 못해 볏짚을 구하지 못하는 깊은 산속이나 바닷가 마을에서는 주로 새를 이용했지요. 특히 제주도는 비바람이 심해서 볏짚으로 지붕

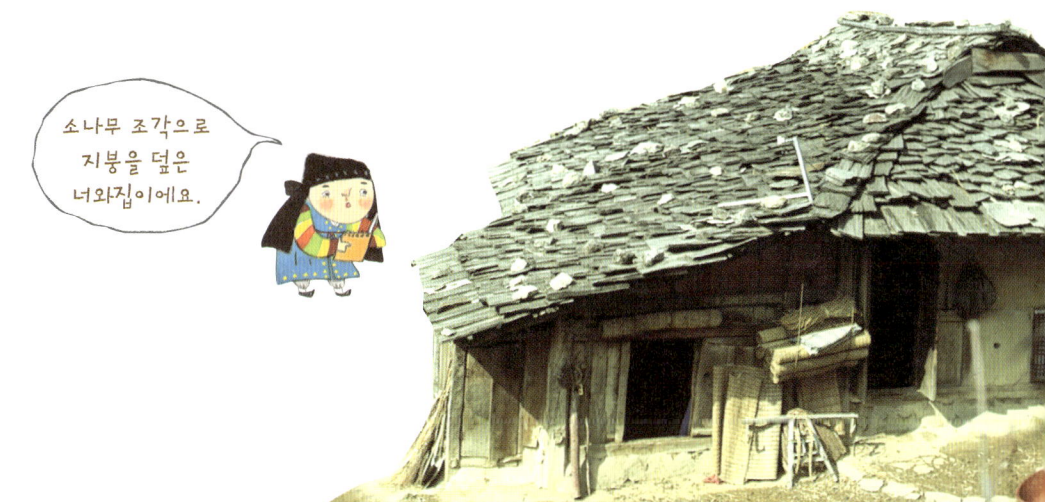

소나무 조각으로 지붕을 덮은 너와집이에요.

을 하면 일 년도 못 돼 썩어 버렸어요. 그래서 새를 사용하고, 태풍에 날아가지 않도록 지붕을 새끼줄이나 그물로 덮어 놓았어요.

너무 깊은 산속이라 볏짚은 물론 새도 얻을 수 없는 곳에서는 판자나 참나무 껍질로 지붕을 덮었어요. 판자로 지붕을 엮은 집을 '너와집'이라 하고, 참나무 껍질로 엮은 집을 '굴피집'이라고 해요. 이런 집들은 강원도 산골짜기에 많았지요.

지붕을 덮은 재료는 조금씩 달라도 이런 집들은 하나같이 아주 작았어요. 그래서 이런 집을 두고 '초가삼간'이라고 불렀지요. 조금 큰 방과 아주 작은 방, 부엌이 전부인 집을 가리키는 말이에요. 하지만 그 안에 사는 사람들의 마음은 어느 부자보다 더 착하고 풍요로웠답니다.

지붕의 모습은 그 안에 사는 사람들의 마음을 닮는다고도 하지요. 초가는 착하고 어진 우리 조상들의 마음을 닮아 지붕도 둥글

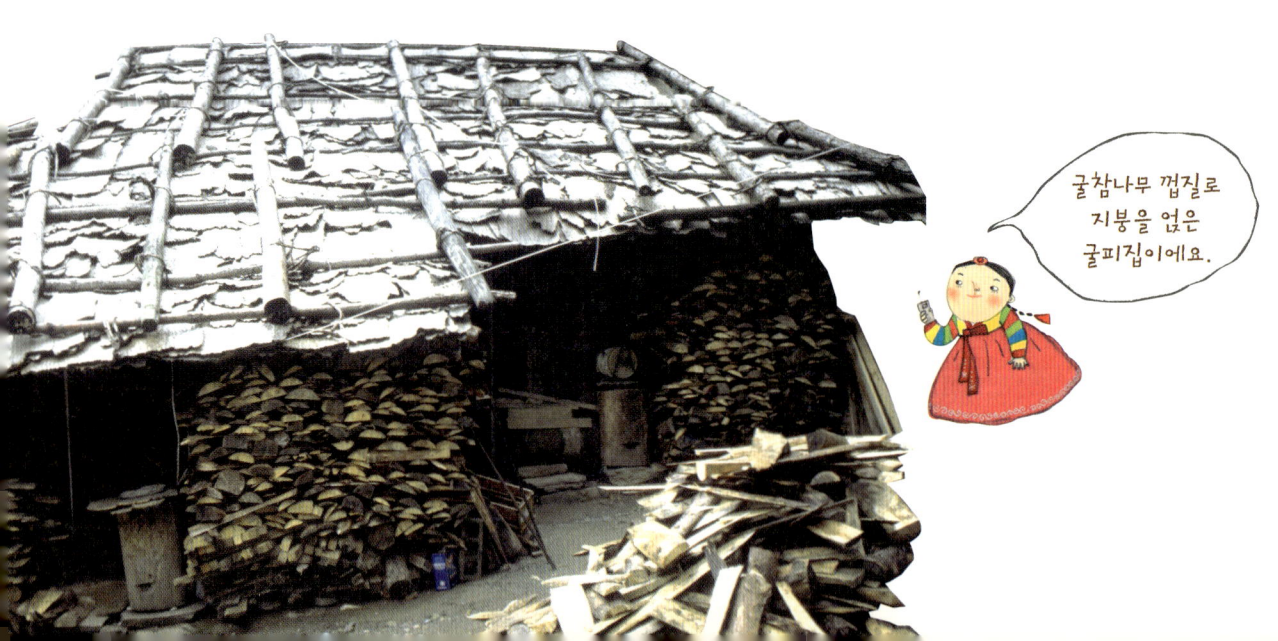

굴참나무 껍질로
지붕을 얹은
굴피집이에요.

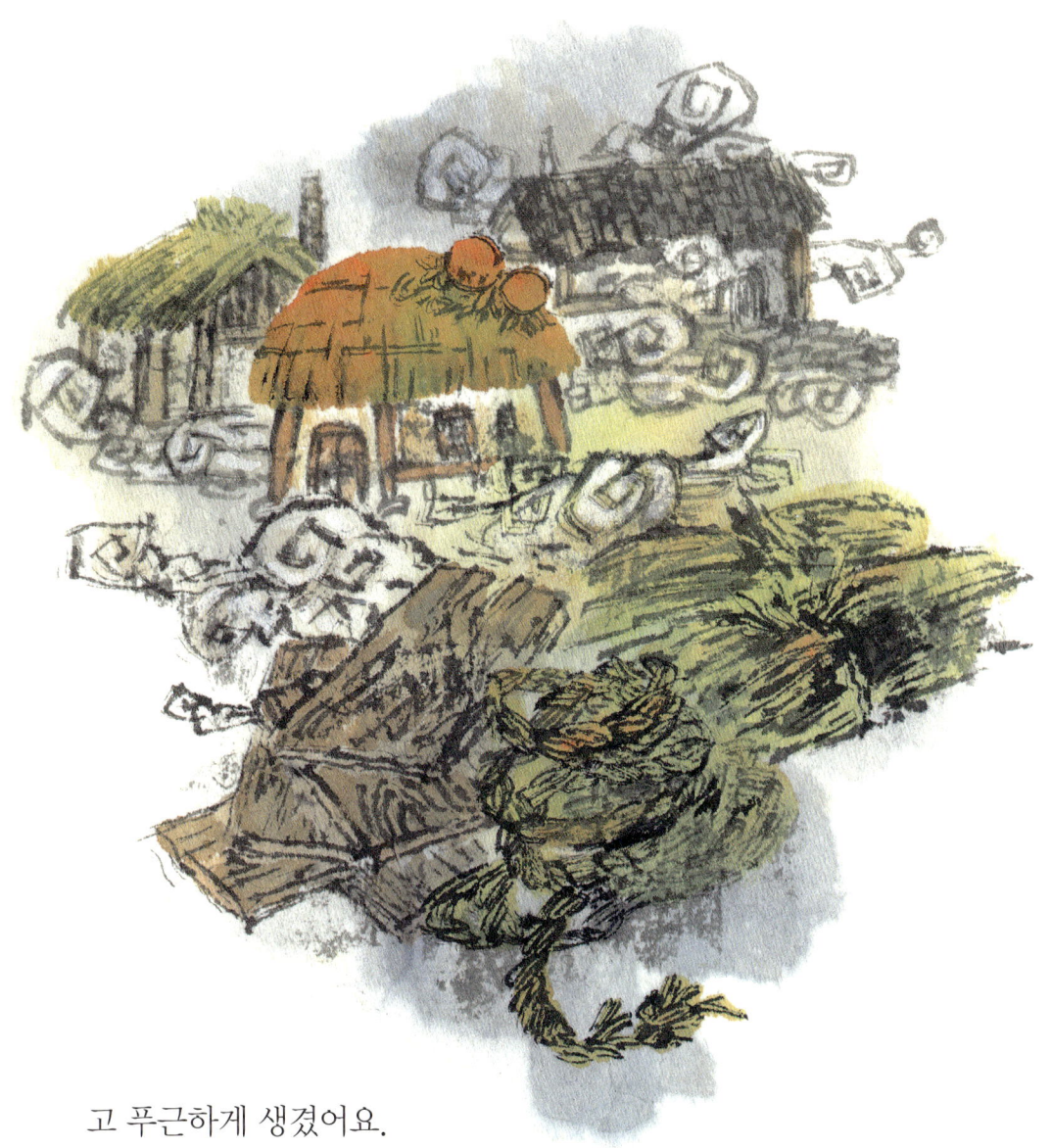

고 푸근하게 생겼어요.

　그런데 이런 초가가 점점 사라지게 되었어요. 1971년부터 정부
에서 초가지붕을 없애고 슬레이트 지붕으로 바꾸게 했기 때문이
에요. 그래서 이젠 민속촌에나 가야 초가를 만날 수 있게 되었답
니다.

옹기종기 아름다운 낙안읍성 민속마을

낙안읍성 민속마을은 타임머신을 타고 조선 시대의 시골 마을로 가면 만날 수 있는 모습 그대로예요. 전라남도 순천시 낙안면에 있는 남내리, 동내리, 서내리의 세 마을이 성 안에 모여 있지요.

처음으로 성을 쌓은 것은 조선 태조 임금 때였어요. 왜적이 침입하자 김빈길이란 사람이 의병을 일으키고 흙으로 성을 쌓았어요. 이것을 300년 뒤 인조 임금 때 군수로 부임한 임경업 장군이 다시 돌로 쌓았지요.

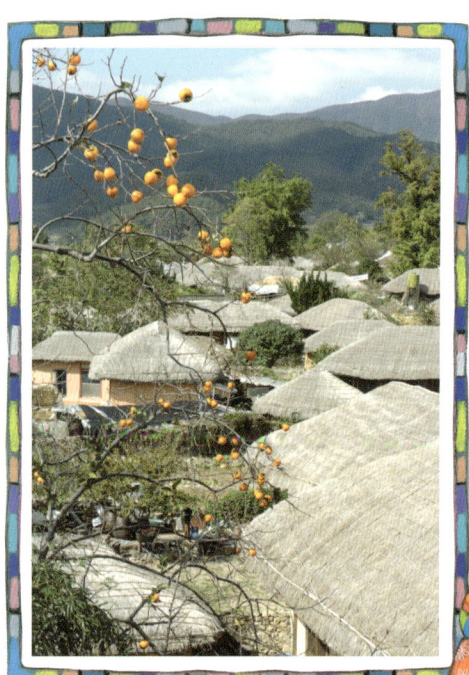

옹기종기 모여 앉은 초가의 굴뚝에서는 지금도 연기가 피어 올라요. 아직도 이곳에 사람이 살고 있기 때문이에요. 마당 한쪽의 텃밭에서는 상추 · 파 등이 자라고,

낙안읍성 민속마을에 있는 초가집들이에요.

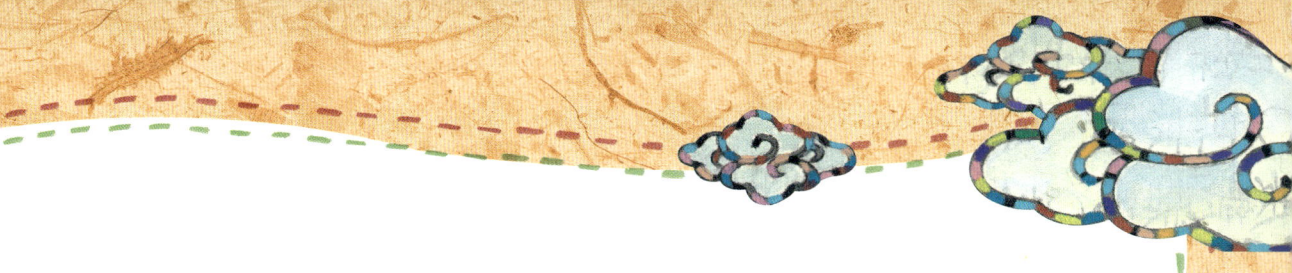

키 낮은 지붕 위에는 둥근 호박이 매달려 있어요. 또 마을 사람들이 공동으로 사용하는 돌샘에 가면 물 긷는 아주머니도 만날 수 있어요.

초가는 작아서 초라하게 느껴지기도 해요. 그렇지만 툇마루와 부엌, 지붕, 토방, 담장은 옛날의 집 모양을 잘 보여 주고 있어요. 이곳의 초가 가운데 아홉 채는 문화재로 지정되어 잘 보존되어 있지요.

마을 가운데에는 조선 시대 관리들이 묵었던 객사가 있어요. 그리고 군수가 일을 보았던 동헌도 옛 모습 그대로 서 있지요.

이곳에서는 해마다 정월 대보름이면 달집태우기, 성돌기 등의 민속 행사가 열려요. 또 주말이나 공휴일에는 말을 탄 신랑과 가마 탄 신부의 전통 혼례식도 볼 수 있답니다.

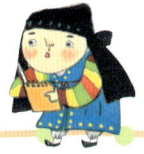

꼼꼼 지식 돋보기

오태석(1895-1953년)은 낙안읍성 민속마을에서 태어난 명창이에요. 악기를 연주하던 아버지의 영향을 받아 당대 최고의 가야금 연주자였으며, 판소리와 무언극으로 사람들을 마음대로 울리고 웃기는 소리꾼이자 연기자였지요. 일본과 중국에도 널리 알려진 그는 가야금 병창을 국악의 한 장르로 개척한 명인이었답니다.

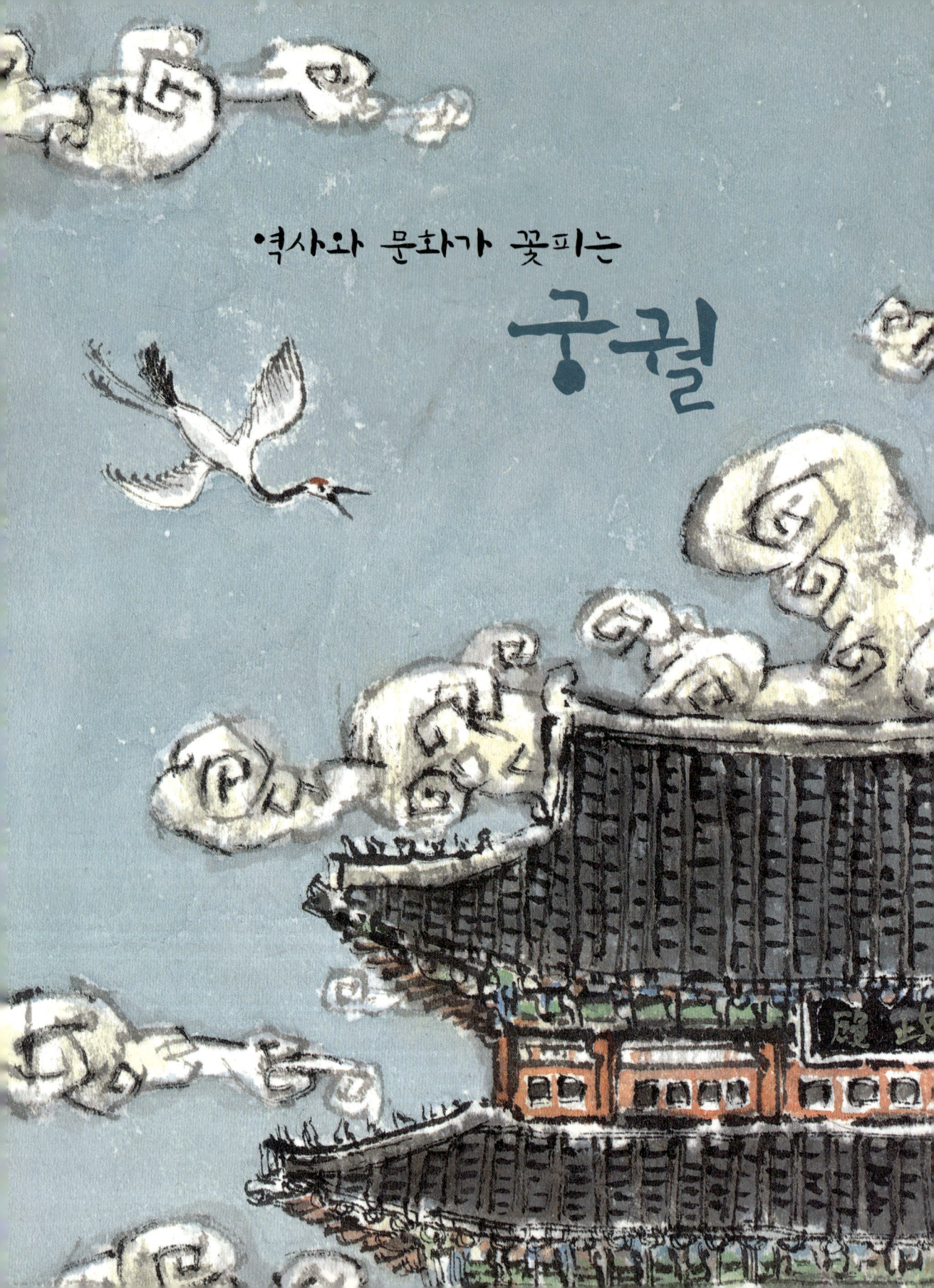

역사와 문화가 꽃피는

궁궐

"상감 마마 듭시오!"

문 밖에서 큰 소리가 들렸어요. 그러자 편전 안에 모여 앉아 있던 신하들이 모두 자리에서 일어났어요. '편전'은 왕과 신하들이 모여 나랏일을 의논하는 곳이에요.

"자, 모두들 앉으시오."

왕은 방 한가운데 높게 마련된 자리에 앉았어요. 그리고 천천히 한 사람씩 신하들을 둘러보았어요.

한참 만에야 왕이 입을 열었어요.

"그동안 모두 애 많이 썼소. 경들이 있었기에 내 뜻을 바르게 펼칠 수 있었소."

신하들은 도대체 왕이 왜 그런 얘기를 하는지 알 수 없었어요. 하지만 왕이 말을 하는 중간에 그 이유를 물어볼 수는 없었기 때문에 조용히 귀 기울여 듣고만 있었어요.

"오늘 긴히 발표할 것이 있어 경들을 모이라고 했소. 나는 지금 너무 늙고 몸도 쇠약해져 있소. 이제 내게는 나라를 다스릴 만한 힘이 없다는 뜻이오."

"전하, 아니 되옵니다!"

신하들은 깜짝 놀라 큰 소리로 외쳤어요.

“경들의 마음은 고맙게 받겠소. 하지만 나라가 힘 있게 발전하기 위해서는 젊고 똑똑한 새 왕이 필요하오. 이제 세자에게 왕의 자리를 물려줄 생각이니 경들은 준비를 해 주기 바라오.”

“전하, 생각을 바꾸어 주시옵소서.”

신하들은 왕에게 간절히 말했어요. 하지만 왕은 고개를 가로저었어요.

“그동안 많이 생각해서 결정한 것이니 경들도 내 말을 따라 주기 바라오. 이제 좀 쉬어야겠으니 그만 물러가 주시오.”

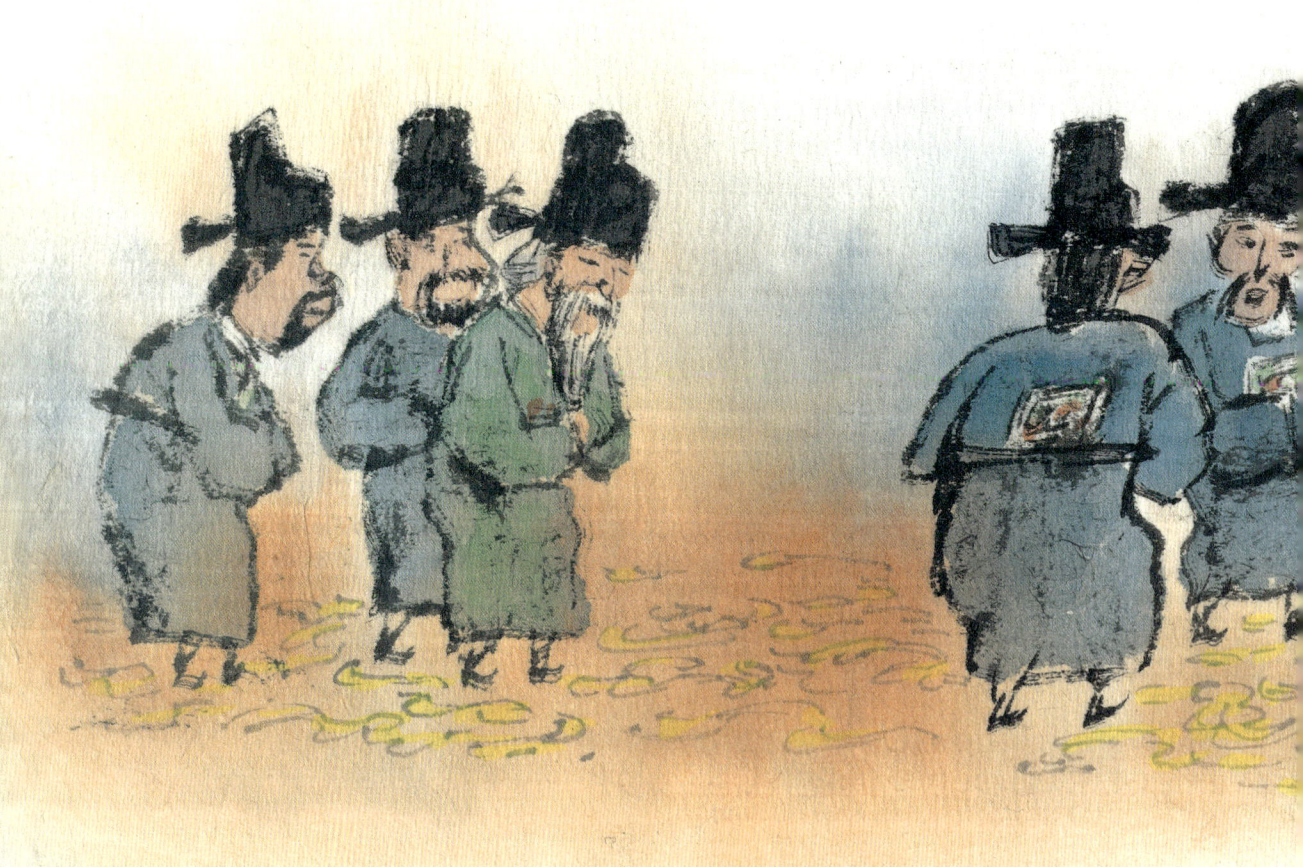

왕은 말을 마친 뒤 자리에서 일어나 밖으로 나갔어요. 신하들은 왕이 나간 뒤에도 그 자리에 계속 남아 있었어요. 왕의 얘기에 모두들 놀랐기 때문이에요.

　"자, 여기에서 이러고 있을 것이 아니라 우리끼리 좀 더 의논을 해 보는 게 어떻겠는지요?"

　한 신하가 말했어요.

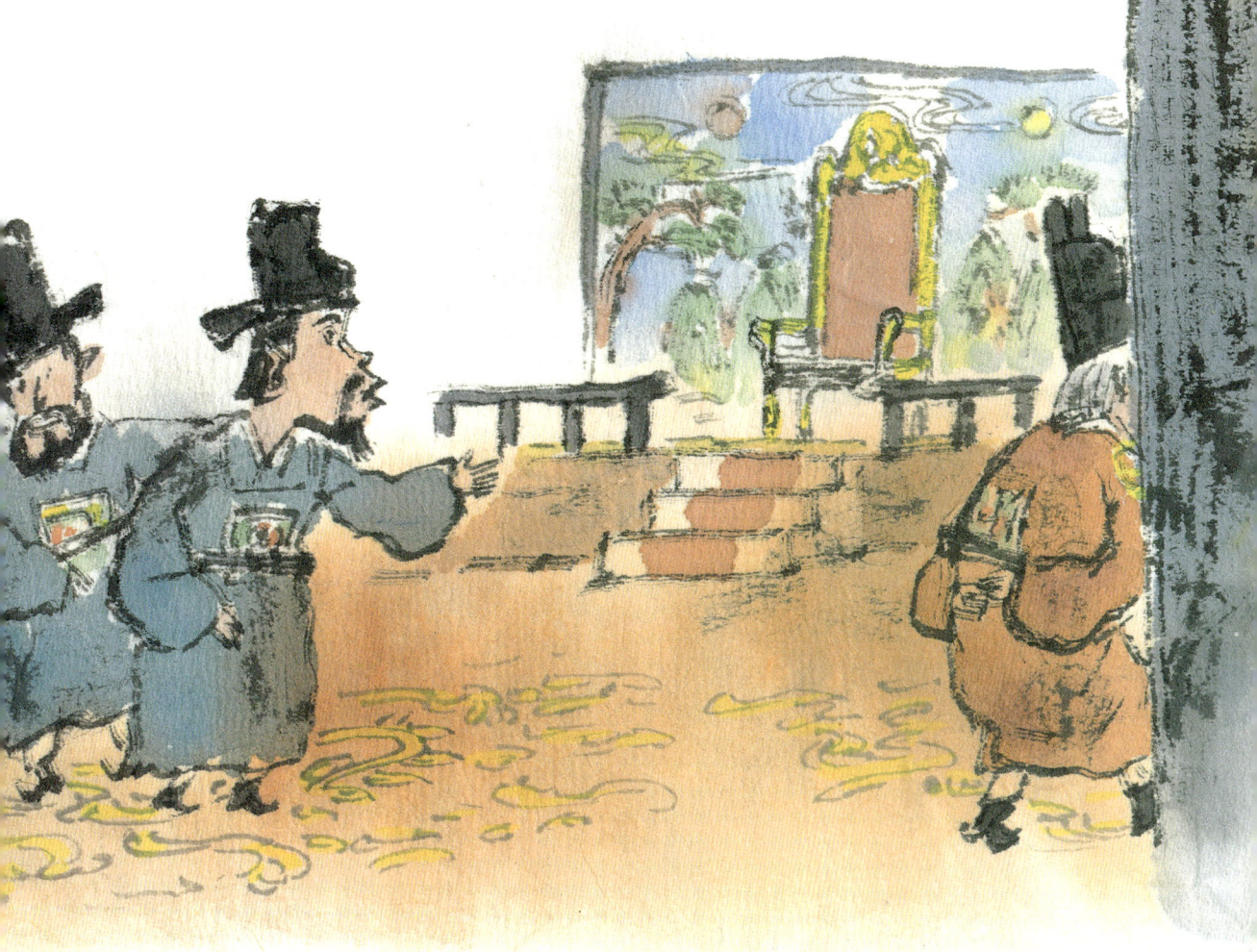

신하들은 편전에서 나와 다시 빈청에 모였어요. '빈청'은 신하들이 왕을 만나기 전이나 왕을 만난 다음에 모이는 곳이에요.

"전하께서 생각을 바꾸시도록 해야 합니다."

좌의정이 말했어요.

"맞습니다. 다시 한 번 전하를 만나 뵙고 말씀을 드리는 것이 좋을 듯합니다."

다른 신하가 얘기했어요. 그런데 그때까지 아무 말도 없었던 영의정이 고개를 가로저으며 입을 열었어요.

"우리가 전하의 생각을 따라야 할 것 같소. 전하께서는 그동안 너무 많은 일을 하셨소. 그러니 이젠 편안히 쉬시도록 해 드려야 할 것이오. 또 세자마마께서는 전하를 닮아 매우 지혜롭고 덕이 많으시니 우리가 잘 모시도록 합시다."

영의정의 말에 신하들은 모두 고개를 끄덕였어요. 그리고 좋은 날을 잡아 세자를 왕의 자리에 모시는 행사를 열기로 했어요.

이처럼 궁궐은 왕이 늘 머물면서 신하들과 함께 나라의 일을 의논하는 곳이에요. 따라서 왕이 편안하게 쉴 수 있는 곳도 있어야 하고, 나라의 일을 보는 곳도 있어야 했지요. 또 신하들이 나랏일을 나누어서 하는 곳도 있어야 했고요.

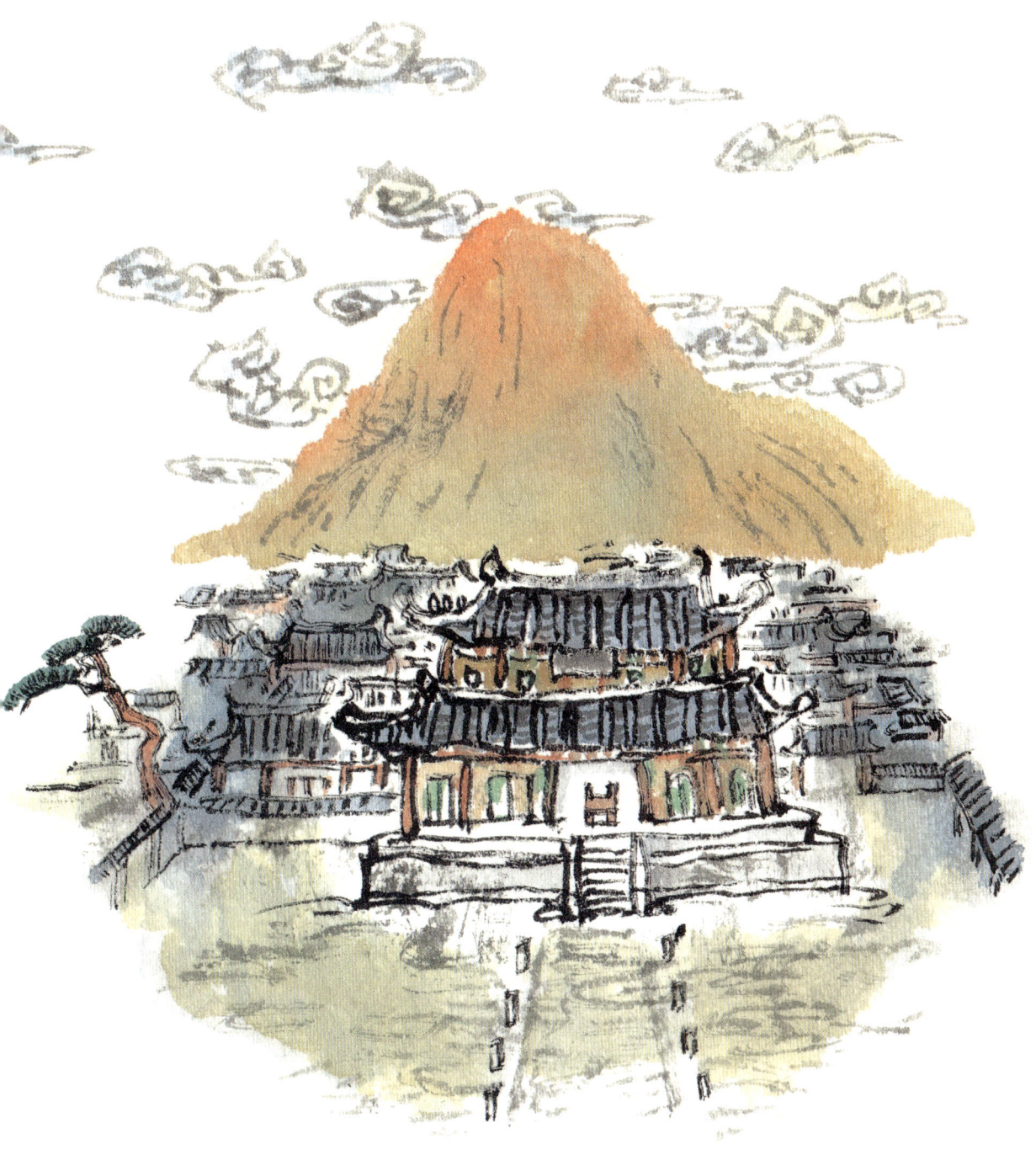

그래서 궁궐은 여러 공간으로 나뉘어 있었어요. 각 공간에는 많은 건물이 있었고, 그 건물들에는 이름이 하나씩 있었어요.

먼저, 왕이 나라를 다스리는 곳을 '외전'이라고 해요. 외전은 궁궐에서도 가장 가운데에 있었어요. 나라를 다스리는 일이 가장 중요했기 때문이지요.

외전에는 정전과 편전이 있어요. '정전'은 나라의 중요한 행사를 하는 곳이에요. 그래서 건물의 모양도 가장 크고 화려해요. '편전'은 왕과 신하가 모여 앉아 나랏일을 의논하던 곳이에요. 정전 뒤에 자리하고 있지요.

외전 뒤에는 왕과 왕비가 생활하는 '내전'이 있었어요. 그렇지만 왕과 왕비가 한 건물에서 생활했던 것은 아니에요. 왕이 지내는 곳은 '연거지소'라고 했어요. 왕은 이곳에서 지내면서 나랏일을 볼 때면 외전으로 갔지요. 또한 왕비가 지내는 곳은 '중전', 또는 '중궁전'이라고 했어요. 왕비는 이곳에서 궁궐 안에 있는 여자들을 다스렸어요.

내전 뒤편으로는 왕과 왕비가 휴식을 취하는 정원이 있었어요. 뒤에 있다고 해서 '후원'이라고 불렀는데요. 여기에는 여러 가지 크고 작은 건물과 연못, 다리 등이 있었어요. 이곳은 잔치를 열거나 사신을 대접하는 곳으로도 쓰였지요.

외전과 내전을 가운데 두고 그 양쪽으로는 많은 건물들이 늘어서 있었어요. 서쪽에는 신하들이 나랏일을 보는 건물들을 모아 두었고, 동쪽에는 세자가 생활하는 '동궁'을 두었어요. 그리고 이 건물들 주변으로 늘어서 있는 여러 건물은 왕과 가족을 보살피고 시중드는 수많은 사람들이 생활하는 공간이에요.

그 밖에는 우물, 샘, 개울, 다리, 장독대 같은 것들이 있었어요. 이 모든 것은 '궁성'이라고 하는 높은 담장으로 둘러싸여 있었지요. 궁궐은 아무나 함부로 들어갈 수 없는 곳이었기 때문이에요.

조선 시대의 궁궐인 경복궁은 이런 모양으로 이루어져 있어요. 하지만 창덕궁이나 창경궁 등 다른 궁궐들은 제각기 다른 모양을

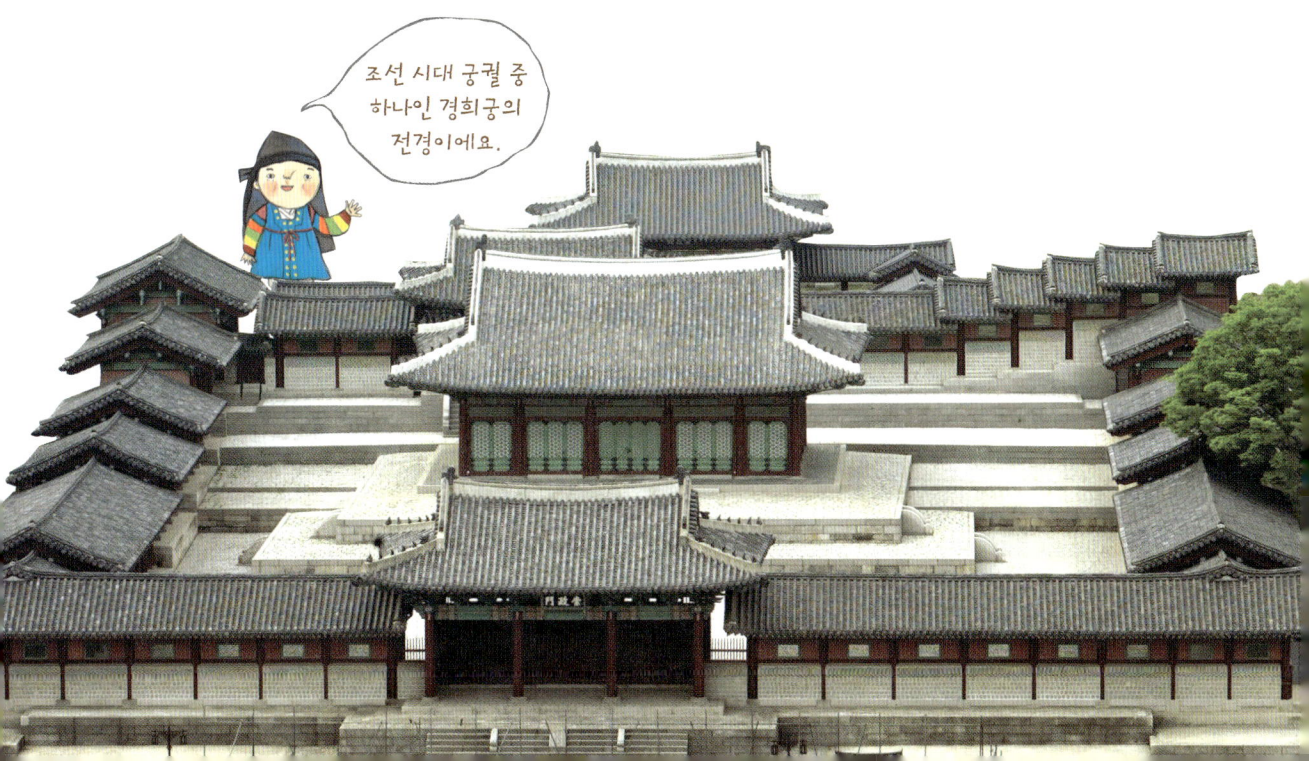

조선 시대 궁궐 중 하나인 경희궁의 전경이에요.

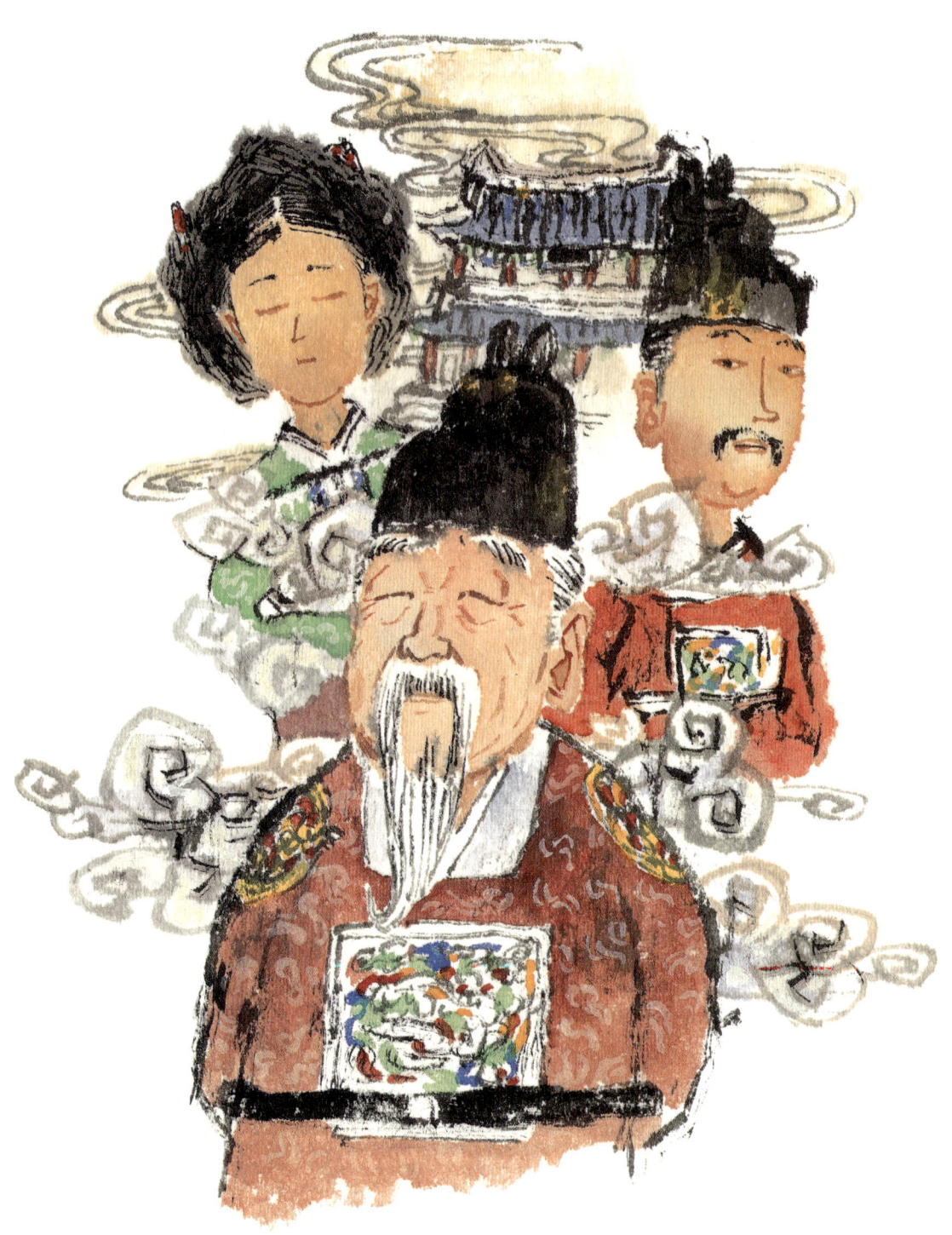

하고 있어요. 왜냐하면 경복궁은 정궁이고, 다른 궁궐들은 별궁이기 때문이에요. '정궁'은 항상 사는 집과 같은 곳이고, '별궁'은 가끔 가서 지내는 별장과 같은 곳이었답니다.

정궁이나 별궁 말고 행궁도 있었어요. '행궁'은 왕이 나들이를 할 때나 행차할 때 잠깐 머물던 곳이에요. 또 왕이 세자에게 왕의 자리를 물려주고 난 뒤에 지내던 궁궐도 있었는데, 우리가 아는 덕수궁이 바로 고종 임금이 순종 임금에게 왕의 자리를 물려주고 난 뒤에 지낸 곳이에요.

이처럼 궁궐은 나라에서 가장 높은 분인 왕이 지내던 곳인 만큼 나라에서 가장 크고 좋은 집이었답니다.

조선의 궁궐, 경복궁

경복궁은 서울시 종로구 세종로에 있는 조선 시대의 정궁이에요.

조선을 세운 태조 이성계는 도읍을 개경에서 한양으로 옮겼어요. 그리고 왕이 된 지 3년째 되던 해에 궁궐을 짓기 시작하여 이듬해에 완성했지요. 그리고 '큰 복을 얻는 궁궐'이란 뜻으로 궁궐의 이름을 '경복궁'이라고 지었어요.

경복궁은 조선 시대의 크고 아름다운 건축물로 널리 알려져 있어요. 궁궐의 가운데에 광화문 · 홍예문 · 근정문 · 근정전 · 사정전 · 강녕전 · 교태전이 한 줄

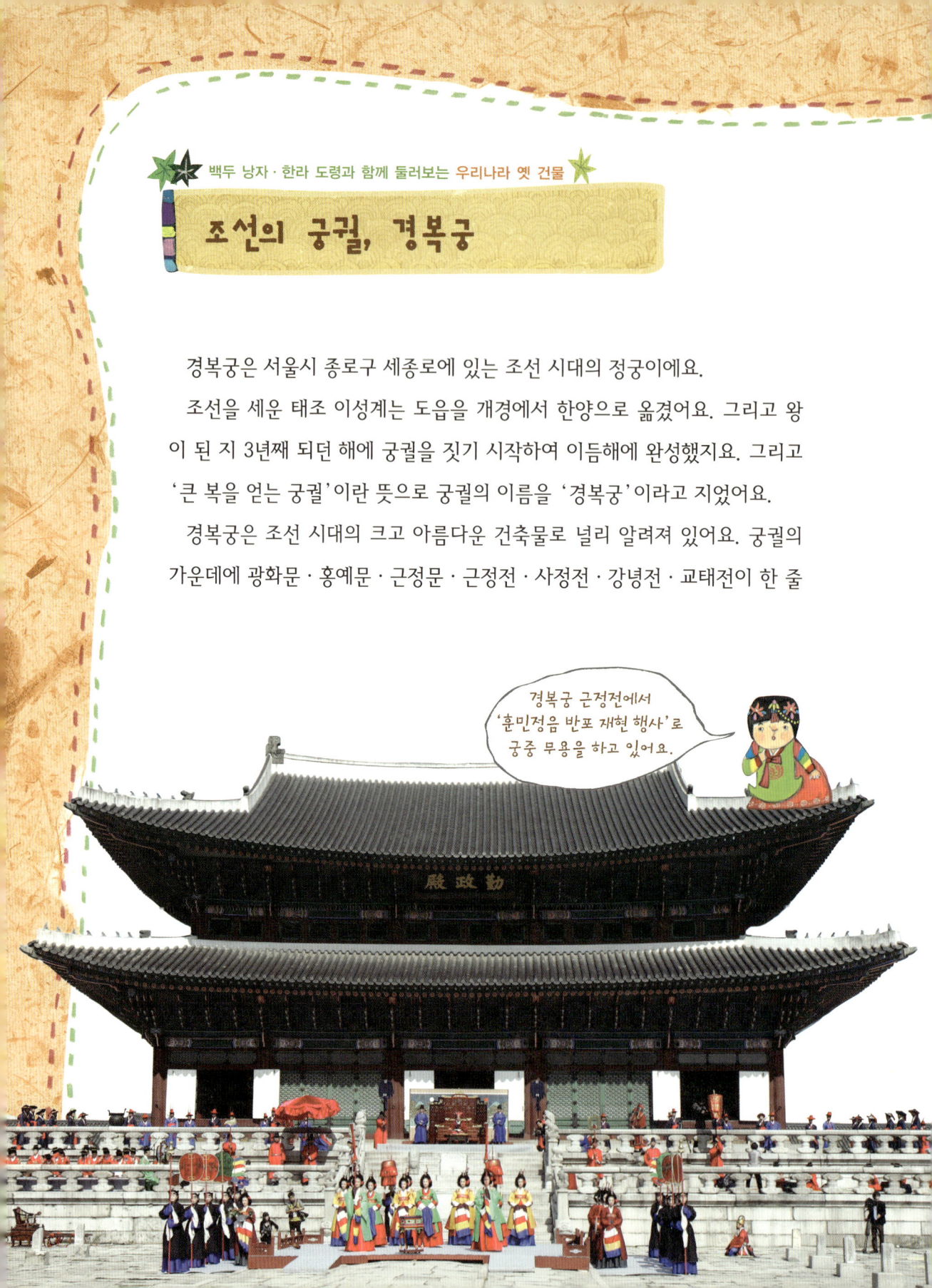

경복궁 근정전에서 '훈민정음 반포 재현 행사'로 궁중 무용을 하고 있어요.

勤政殿

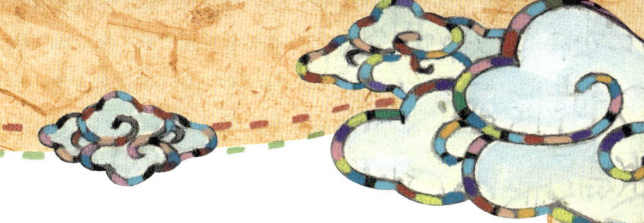

로 늘어서 있고, 그 주변으로 수많은 건물들이 있었지요. 그중에서 근정전은 조선 시대의 건축물을 대표할 만큼 훌륭한 건물이에요. 2단으로 쌓은 단 위에 2층으로 지어져 웅장한 모습을 자랑하고 있어요.

또한 경복궁에는 우리나라 누각 가운데 가장 큰 경회루가 있어요. 넓은 연못 위에 팔각 모양의 누각이 우뚝 솟아 있지요. '누각'은 기둥을 세워 높게 지어진 건물이에요. 이곳에서는 주변의 경치를 감상하며 여럿이 함께 모여 놀거나 잔치를 열었어요.

하지만 이렇게 아름다운 경복궁은 일제 강점기에 제 모습을 많이 잃었어요. 일본은 나라의 가장 중심이 되는 경복궁 앞에 조선 총독부 건물을 세우고, 궁궐 안에 있던 많은 건물들을 없애 버렸었지요. 그래서 나라에서는 총독부 건물을 허물고, 일본이 없애 버렸던 건물들을 다시 짓는 등 경복궁의 원래 모습을 되찾는 일을 하고 있답니다.

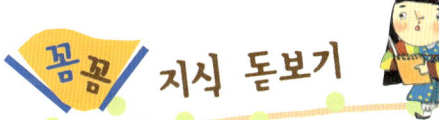

꼼꼼 지식 돋보기

1997년에 경회루 연못에서 청동으로 만든 용 두 마리가 발견되었어요. 옛날부터 사람들은 용이 물을 다스리고 비를 내릴 수 있는 신비한 동물이라고 생각했어요. 그래서 나무로 지은 경회루가 불에 타지 않도록 바라는 마음에 비를 내리는 힘을 가진 용을 청동으로 만들어 연못에 넣어 두었답니다.

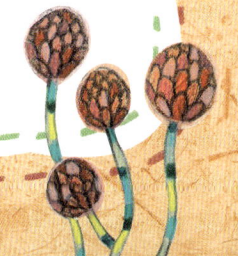

나라에서 세운 지방의 학교

향교

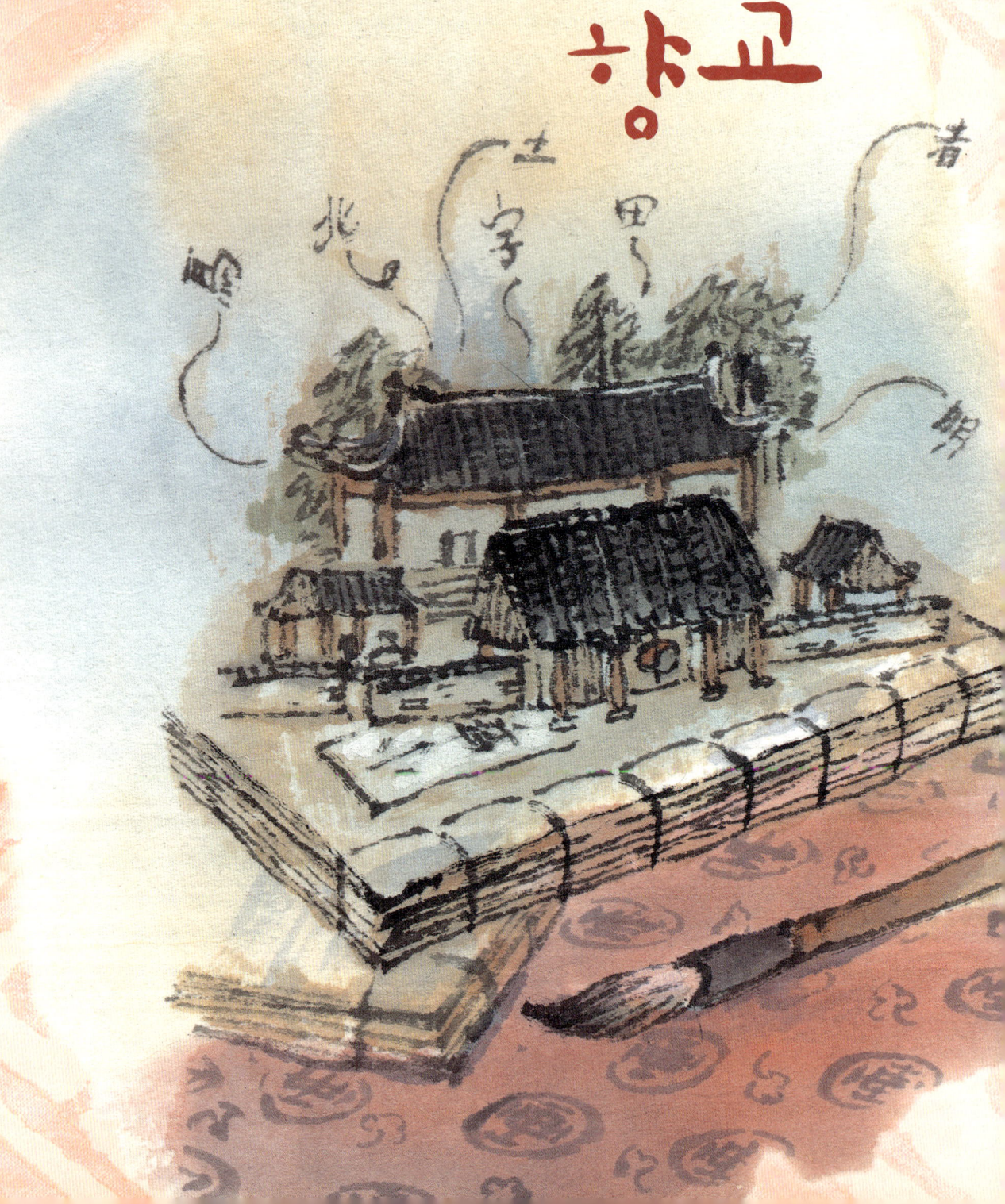

"와, 왔다!"

성복이와 치성이가 서당에 들어섰을 때였어요. 아이들이 갑자기 몰려나와 두 사람을 반갑게 맞이했어요. '서당'은 지금의 초등학교와 같은 곳이에요.

"어서 오너라. 너희들을 보는 것도 오늘이 마지막이구나."

훈장님도 문 앞까지 나와 두 사람을 맞아 주었어요.

"자, 모두들 앉거라. 성복이 집에서 맛있는 음식을 준비해 주셨단다."

오늘은 성복이와 치성이가 서당을 졸업하는 날이었어요. 옛날 서당에서는 《천자문》, 《동몽선》, 《통감》을 배웠어요. 《통감》까지 끝내면 서당을 졸업했지요.

그리고 책을 마칠 때마다 그 책을 마친 학생의 집에서는 간소한 잔치를 마련했어요. 이것을 '책걸이'라고 해요.

성복이와 치성이는 무척 친한 사이였어요. 성복이는 양반집 아들이고, 치성이는 농부의 아들이었지요. 옛날에는 사람을 양반과 평민, 천민으로 나누었어요. 그래서 양반과 평민이 친하게 지내는 일은 흔치 않았어요.

"치성아, 너도 향교에서 공부할 거지?"

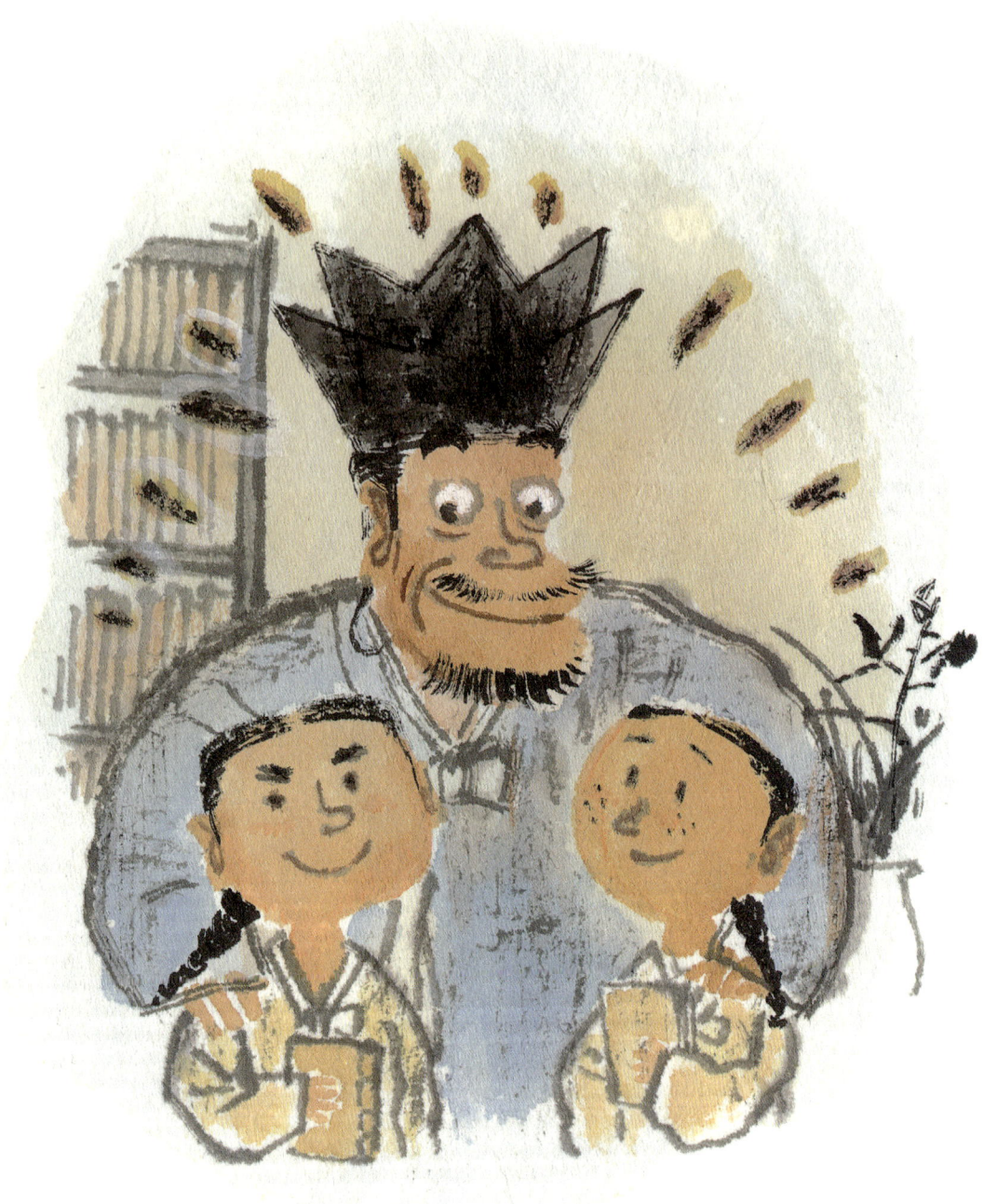

서당에서 돌아오는 길에 성복이가 물었어요.

"물론이야. 난 계속 공부를 하고 싶어."

서당을 마친 뒤 공부를 더 하고 싶은 사람은 향교에 들어갔어요. 조선은 나라에 충성하고, 부모님에게 효도하고, 형제간에는 우애가 있어야 한다고 가르치는 유교를 받들었어요. 그래서 백성들에게 유교를 가르치기 위해 수령이 있는 곳마다 향교를 세웠지요. '수령'은 지금의 군수라고 할 수 있어요. 그러니까 지금으로 말하면 군 정도 되는 큰 마을마다 향교가 있었던 거예요.

"그럼 넌 향교에서 공부를 마치고 성균관에 가면 되겠구나."

성복이가 말했어요. 그런데 갑자기 치성이의 표정이 어두워졌어요. '성균관'은 나라에서 세운 최고의 학교였어요. 그래서 입학하기가 무척 까다로웠어요. 벼슬이 높은 양반이어야 하고, 생원이나 진사 시험에 합격한 사람이어야 했으니까요. 또는 높은 관리의 아들로 소학을 잘 아는 사람, 현재 관리인 사람들만이 입학할 수 있었어요.

"난 공부하는 것보다 활 쏘고 말 타는 게 더 좋아. 너랑 나랑 바꿔 태어났으면 좋았을 텐데……."

성복이가 치성이를 위로했어요.

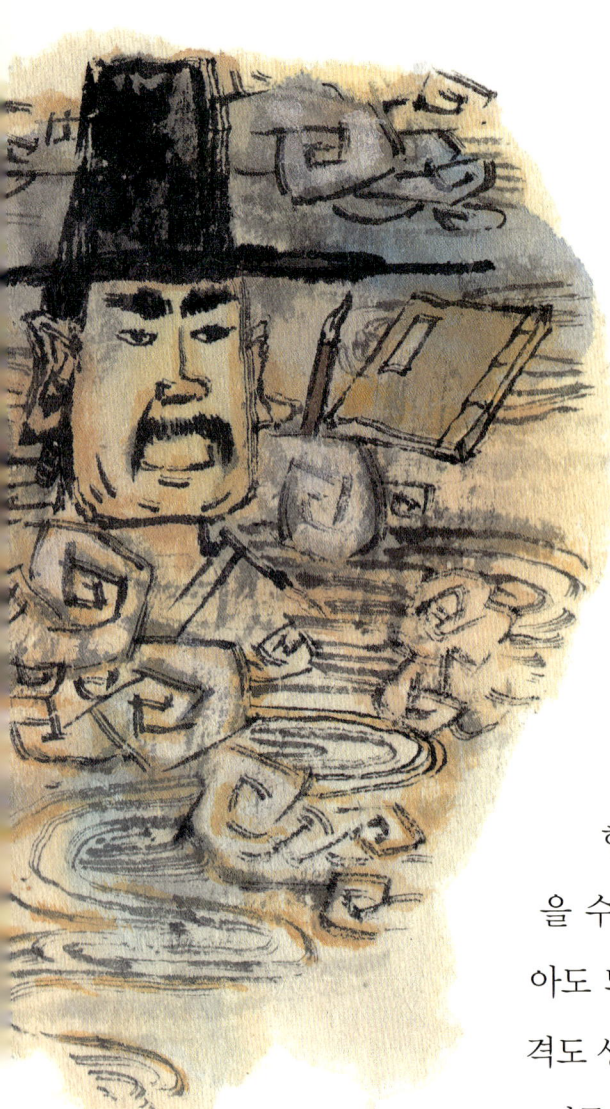

"아니야, 네가 나보다 글은 더 잘 쓰
잖아."

치성이도 성복이를 칭찬했어요.

"우리 향교에 가더라도 이 우정
변하지 말자."

두 사람은 사이좋게 어깨동무
를 하며 굳게 다짐했어요.

얼마 뒤 성복이와 치성이는 향교
의 교생이 되었어요. 옛날에는 학생
을 교생이라고 불렀어요.

향교의 교생이 되면 특별한 대접을 받
을 수 있었어요. 교생들은 군대에 가지 않
아도 되었고, 또 과거 시험을 볼 수 있는 자
격도 생겼어요.

이른 아침 명륜당 안에는 교생들이 줄을 맞
추어 앉아 있었어요. 교생들은 커다란 교실
에 함께 모여 공부를 했는데, 이 교실을 '명륜
당'이라고 했어요.

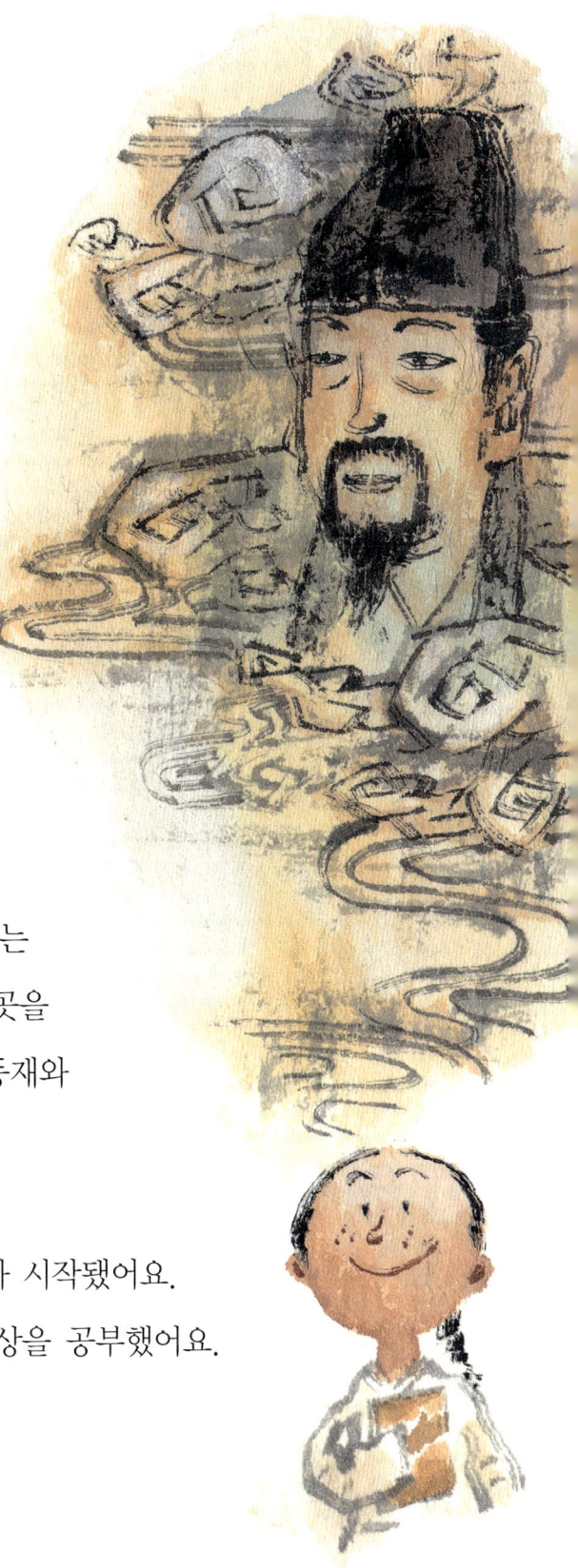

"치성아, 공부하기 어때?"

성복이가 옆에 앉은 치성이에게
물었어요.

"점점 더 어려워지는 것 같아.
하지만 재미있어."

"역시 넌 달라. 우리가 함께
생활하면 내가 너한테 많은
걸 배울 수 있을 텐데……."

성복이가 아쉬운 듯 말했어
요. 교생들은 모두 향교 안에서
생활했어요. 그런데 양반과 평민은
생활하는 곳이 달랐어요. 양반이 지내는
곳을 '동재'라 하고 평민이 지내는 곳을
'서재'라고 해요. 명륜당 양쪽으로 동재와
서재가 나뉘어 있었지요.

"자, 모두 조용히 해요."

선생님께서 들어오자 곧바로 공부가 시작됐어요.
향교에서는 시를 쓰는 법과 유교 사상을 공부했어요.

그리고 《소학》, 《가례》, 《사서오경》, 《근사록》, 《심경》 같은 책들을 읽었어요.

성복이와 치성이는 서로 도와 가며 열심히 글을 읽고, 시 쓰는 연습을 했어요.

"치성아, 너 그 얘기 들었니?"

어느 날, 성복이가 급하게 뛰어와 말했어요.

"무슨 얘기 말야?"

"네가 이번 달 우등생이래."

향교에서는 보통 때 공부한 성적을 문부에 써 두었다가, 한 달에 한 번씩 우등생을 뽑아 상을 주었어요. '문부'는 오늘날의 생활 기록부 같은 것이에요.

성복이는 진심으로 치성이를 축하해 주었어요. 그렇지만 치성이는 마음껏 기뻐할 수 없었어요. 치성이는 평민이었기 때문이에요. 평민들은 가난했고, 높은 벼슬을 하기도 힘들었어요. 그래서 대부분 향교에서 공부를 마치고 나면 과거 시험을 보지 않고 일을 했거든요.

"실망하지 마. 넌 틀림없이 뛰어난 학자가 될 거야."

성복이가 치성이의 마음을 알고 위로해 주었어요.

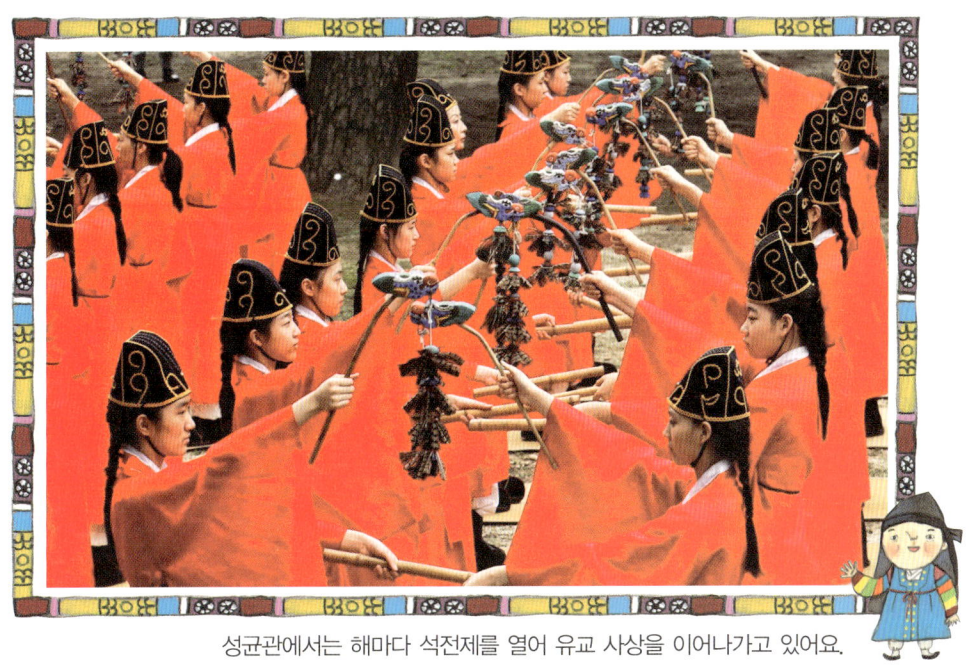

성균관에서는 해마다 석전제를 열어 유교 사상을 이어나가고 있어요.

"고마워."

두 사람은 어깨를 나란히 하고 석전제를 지내기 위해 걸음을 옮겼어요. 향교에서는 학생들을 가르치는 일과 함께 공자와 성현을 받드는 일을 중요하게 여겼어요. 그래서 해마다 봄과 가을에 대성전에서 '석전제'라고 하는 큰 제사를 지냈지요.

'대성전'은 공자와 그 제자들을 비롯한 성현들을 모시고 제사를 지내는 곳이에요. 또한 '성현'은 지혜와 덕이 뛰어나 남들이

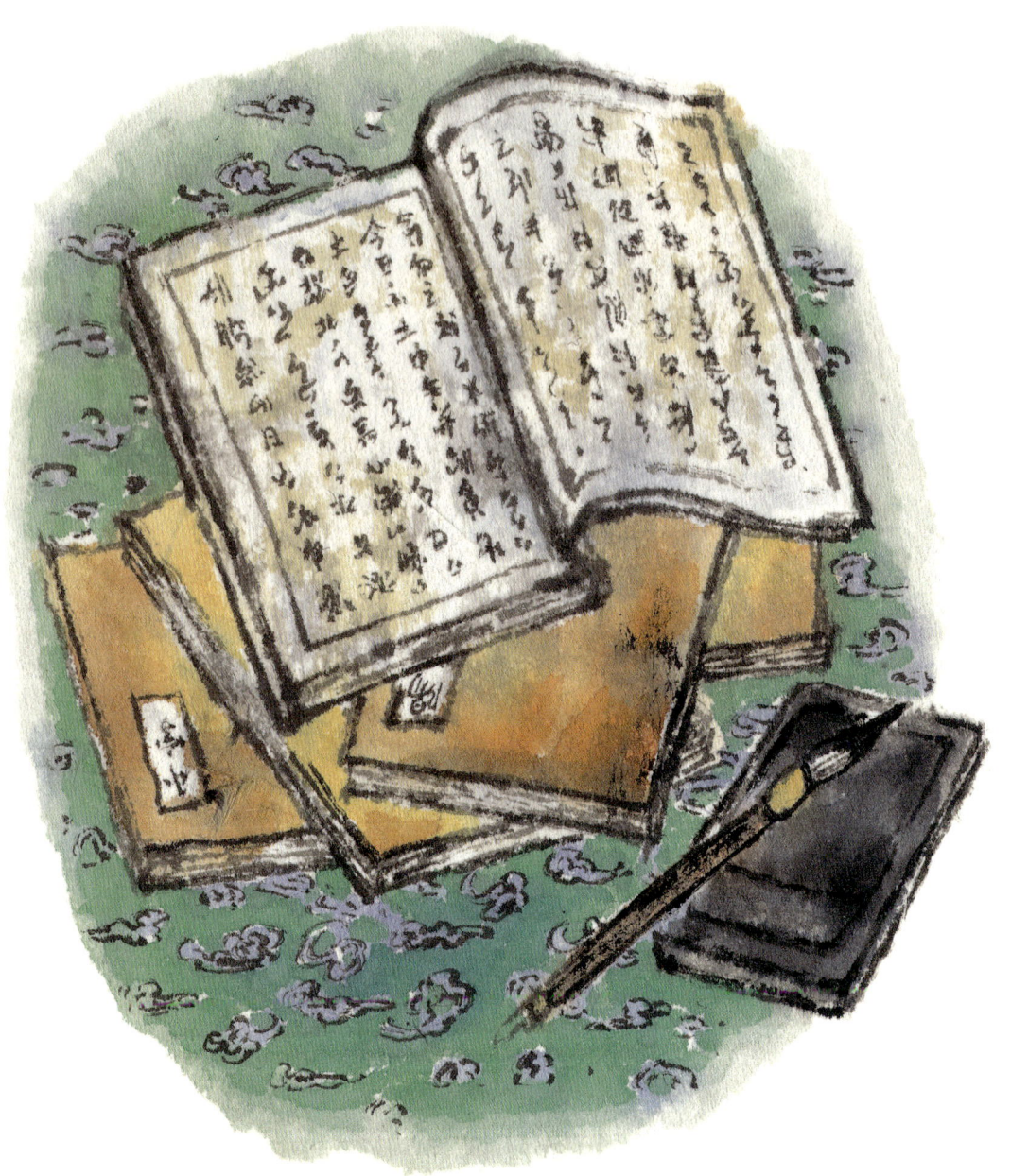

길이 본받을 만한 사람을 말해요.

향교의 건물은 크게 두 부분으로 이루어져 있었어요. 학생들이 공부하는 곳을 강학 공간이라 하고, 성현을 모시고 제사를 지내는 곳을 문묘 공간이라고 해요. 강학 공간에는 명륜당과 동재, 서재가 있었어요. 문묘 공간에는 대성전과 대성전 양쪽에 붙어 있는 동무, 서무가 있었어요.

대부분의 향교는 평지일 때 문묘 공간을 앞쪽에 두고, 강학 공간을 뒤쪽에 두었어요. 그러나 경사진 곳에서는 앞쪽에 강학 공간을 두고, 높은 뒤쪽에 문묘 공간을 두었어요. 학생들을 가르치는 것보다 성현에 대한 제사를 더 중요하게 여겼기 때문이지요.

그 밖에 향교의 살림을 맡아 해 주는 건물도 강학 공간 가까운 곳에 있었어요.

요즘은 공부하고 싶은 어린이는 누구나 초등학교에 들어갈 수 있지요? 모든 사람에게 배움의 기회가 있는 것이지요. 향교도 마찬가지였어요. 군수가 있는 큰 마을마다 향교를 세워 양반이든 평민이든 원하기만 하면 무료로 공부할 수 있었답니다.

전통을 배우는 학고, 강릉 향고

    강릉 향교는 거의 완벽한 규모와 기능을 갖춘 건물이에요. 나주 향교, 장수 향교와 더불어 우리나라 3대 향교로 꼽히고 있어요.

    강릉 향교는 경사진 땅을 적절히 이용하여 세워졌어요. 이것이 강릉 향교만의 독특한 점이에요. 앞쪽 낮은 곳에는 명륜당과 유생들의 기숙사인 동재, 서재 등의 건물이 있어요. 뒤편 높은 곳에는 대성전과 동무, 서무가 있어요.

    명륜당은 땅의 높낮이를 이용하여 누다락처럼 지었어요. '누다락'은 기

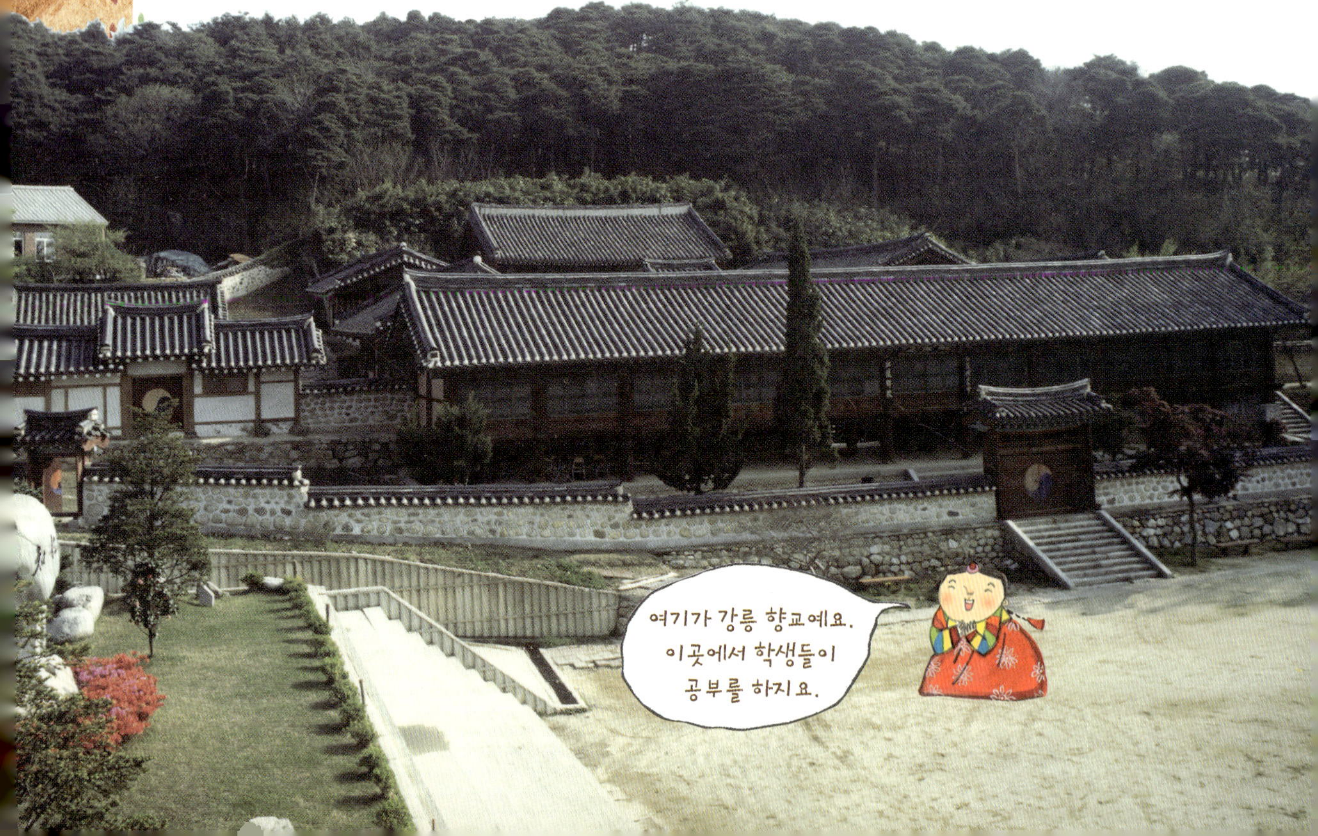

여기가 강릉 향교예요. 이곳에서 학생들이 공부를 하지요.

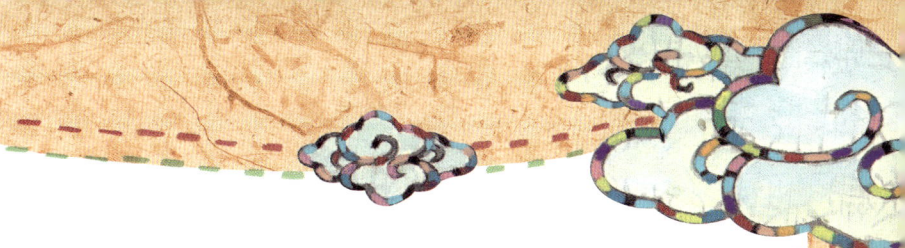

둥을 높이 세우고 그 위에 조그만 집을 얹어 놓은 것 같은 모습을 한 것이에요. 보물 제214호로 지정되어 있는 대성전 건물에서는 엄숙함과 간소함이 느껴져요. 또 높은 축대로 나뉘어 있어 아늑함과 친근함도 느낄 수 있지요.

강릉 향교 건물은 대부분 붉은색과 녹색으로 되어 있어요. 그래서 전체적으로 검소하고 단정한 느낌을 주지요. 기둥도 흰색과 검은색, 황토색을 짙게 발라 엄숙한 분위기를 돋우고 있어요.

명륜당 옆에는 은행나무가 서 있어요. 향교에서는 반드시 은행나무를 심었는데요. 이것은 공자가 은행나무 아래에서 제자들을 가르쳤다는 데서 비롯된 것이라고 해요.

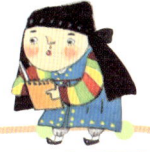

꼼꼼 지식 돋보기

향교는 조선 시대의 지방 교육 기관이에요. 향교에서는 학생들에게 주로 유교와 관련된 학문을 가르쳤어요. 전통 의례에 따라 어른이 되는 성인식, 혼례를 치르는 법, 제사 지내는 법 등을 가르쳐 주었지요. 현대에서도 향교에서는 전통을 계승해 나간다는 뜻으로 사람들에게 올바른 전통 의례법을 알려 나가고 있답니다.

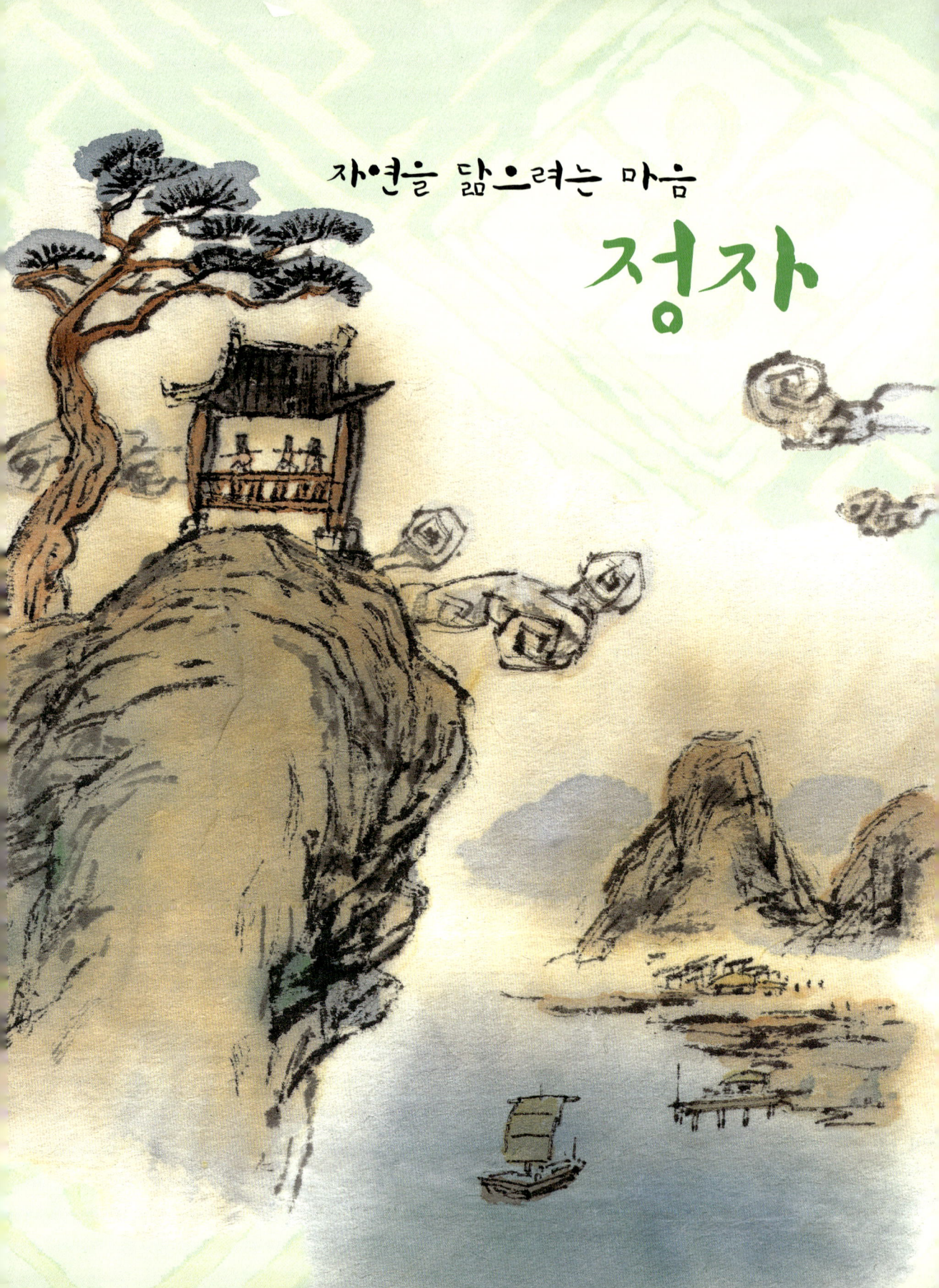

자연을 닮으려는 마음

정자

선비 두 명이 좁은 숲길을 걸어가고 있었어요. 숲 속은 나무들이 빽빽이 들어서 있어서 마치 어둠이 깔린 것 같았어요. 한참을 걸어가자, 눈앞에 돌계단이 나타났어요.

"이곳은 올 때마다 늘 시원한 느낌이야."

한 선비가 돌계단 위쪽을 바라보며 말했어요. 돌계단 위쪽에는 넓은 언덕이 펼쳐져 있었어요.

"나도 그렇다네. 마치 어두운 굴을 지나 밝은 세상으로 나오는 기분이 들곤 하지."

"이런 곳에서 지내시니 스승님 마음이 그처럼 맑으신 거겠지."

"오늘은 스승님께 시 한 편을 부탁드려야겠어."

두 선비는 언덕 위에 있는 정자로 스승님을 찾아가는 길이었어요. 두 선비가 스승으로 모시는 분은 날씨가 좋을 때면 집에서 나와 정자에서 시간을 보내거든요.

정자는 사람이 살기 위해 지어진 것이 아니라, 쉬기 위해 지어진 것이에요. 선비들이 주변 경치를 돌아보며 몸과 마음을 쉬는 곳이었지요. 때로는 글을 읽기도 하고, 거문고를 타기도 했어요. 또 반가운 손님이 찾아오면 바둑을 두거나 시회를 열기도 했지요. '시회'란 여러 사람이 모여 앉아 한 가지 주제를 놓고 돌아가며 시를 짓는 것이에요.

　그래서 정자는 주로 경치가 좋은 언덕 위에 세워졌어요. 산이 병풍처럼 멋지게 드리워진 강가나 바닷가에 서 있는 정자들도 많았고요.

　또한 집 안에 세워진 정자도 있었어요. 뒤뜰의 조용한 곳이나 연못가에 정자를 짓고 책을 읽거나 손님을 맞기도 했지요. 어떤 정자는 연못 가운데에 세워지기도 했대요.

　좁은 돌계단을 다 오르자 언덕 저쪽에 자그마한 정자가 서 있었

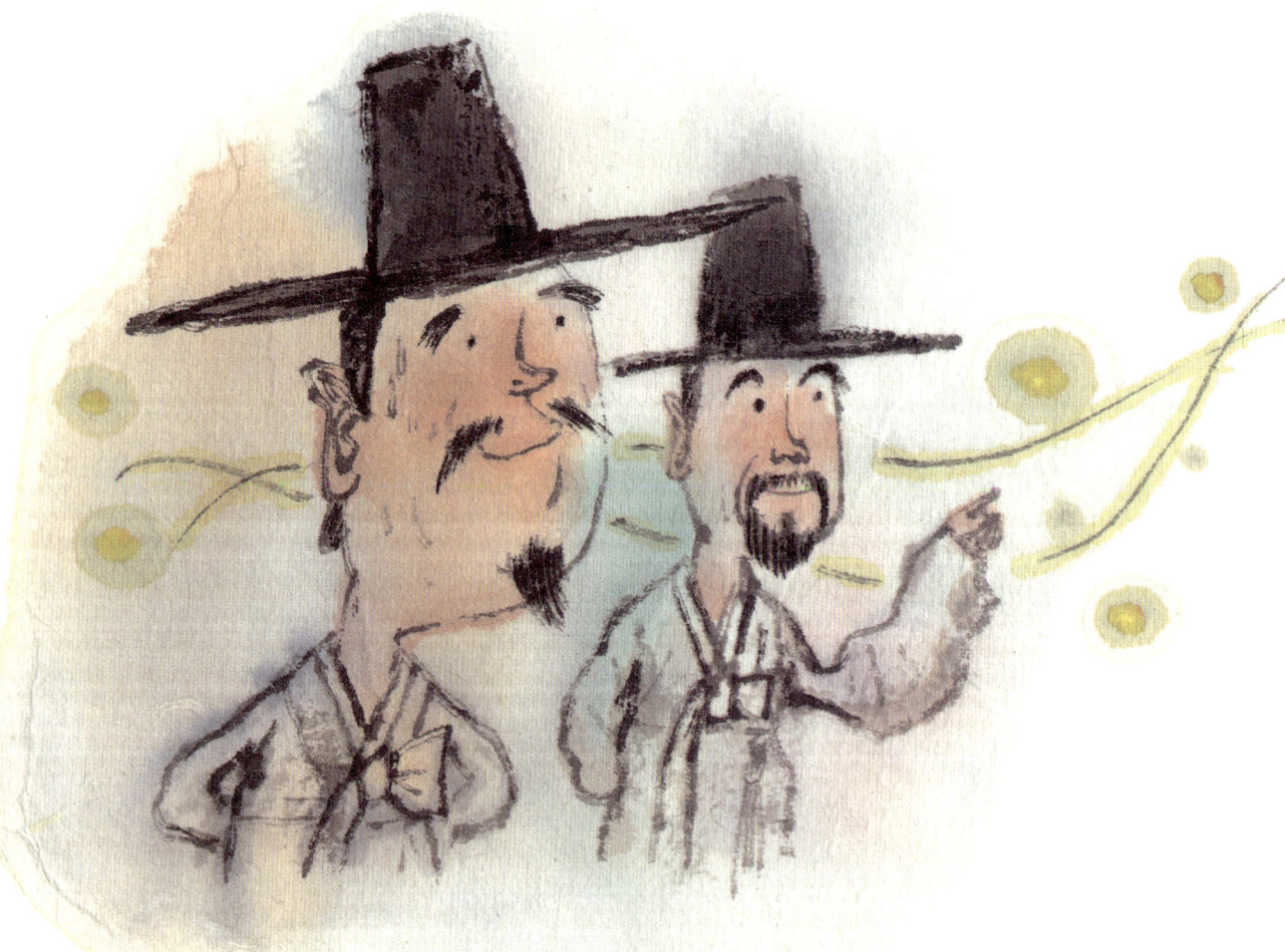

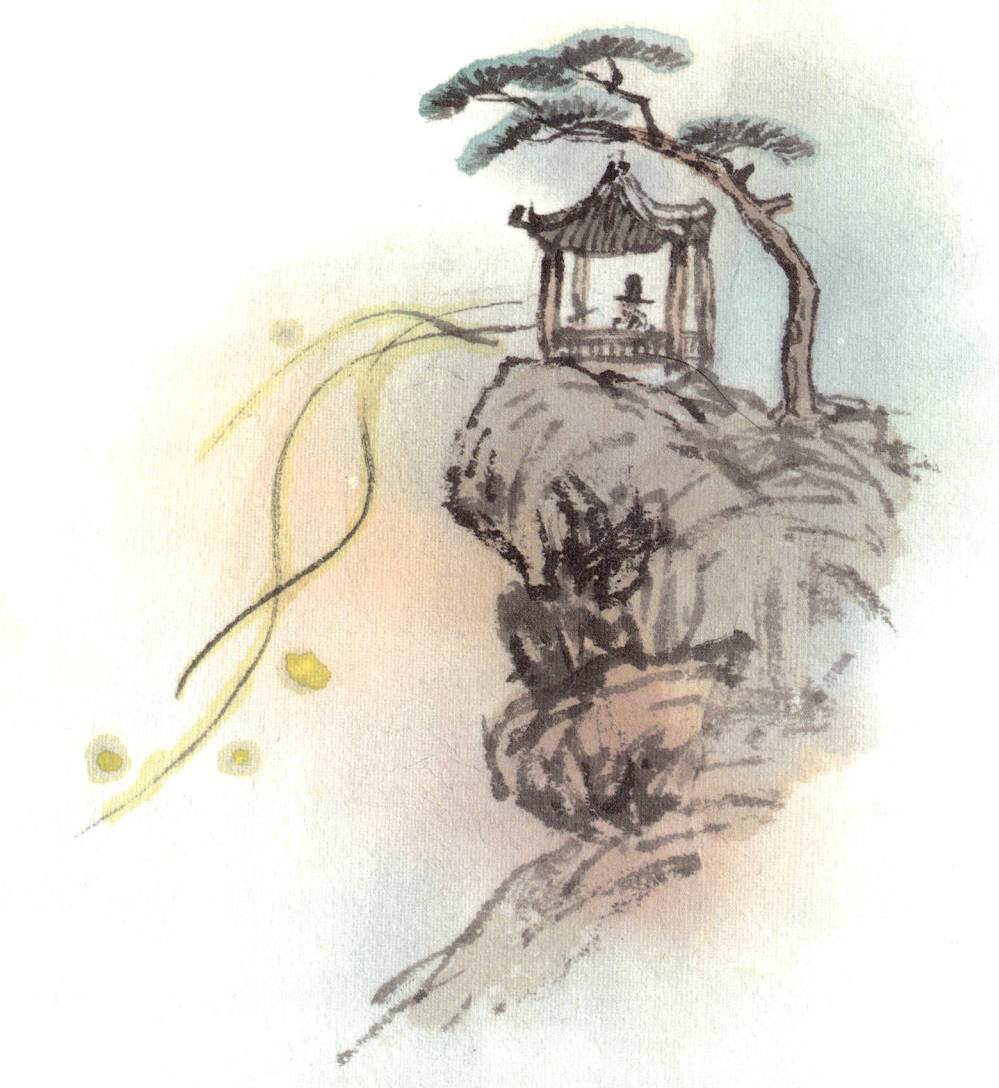

어요. 정자 쪽에서는 거문고 소리가 흘러나오고 있었어요. 두 선비는 걸음을 멈추고 거문고 소리에 귀를 기울였어요.

"아니, 자네들! 왔으면 기척을 할 일이지, 어찌 가만히 서 있는가? 어서 올라오게나."

정자 안에 있던 나이 많은 선비는 한참 만에야 두 선비를 알아

보고 반갑게 맞아 주었어요.

"스승님의 거문고 소리는 언제 들어도 힘이 넘칩니다."

선비들은 정자 마루에 앉으며 스승의 거문고 솜씨를 칭찬했어요.

"허허, 고맙네그려! 자, 여기까지 오느라 힘들었을 테니 우선 목부터 축이게나."

스승이 젊은 선비들에게 술을 한 잔씩 건네 주었어요.

"이곳에서 지내기가 어떠신지요?"

젊은 선비 한 사람이 스승에게 물었어요. 이 물음에 스승은 빙그레 웃으며 말했어요.

"시와 음악으로 시간을 보내지. 가끔 친구들과 술잔도 나누고, 이렇게 사는 것이 바로 내가 원하던 삶이야. 그 소원을 이제 이루었으니 무엇을 더 바라겠나?"

스승의 얼굴은 너무나 평화스러워 보였어요.

"저도 정자를 지어 어르신처럼 지내고 싶습니다."

젊은 선비가 조용히 말했어요.

"자네들은 젊으니 우선 일을 많이 하고, 나처럼 늙은 다음에 쉬게나. 천천히 정자 지을 터나 마련해 놓고 말이야."

"어디가 좋을까요?"

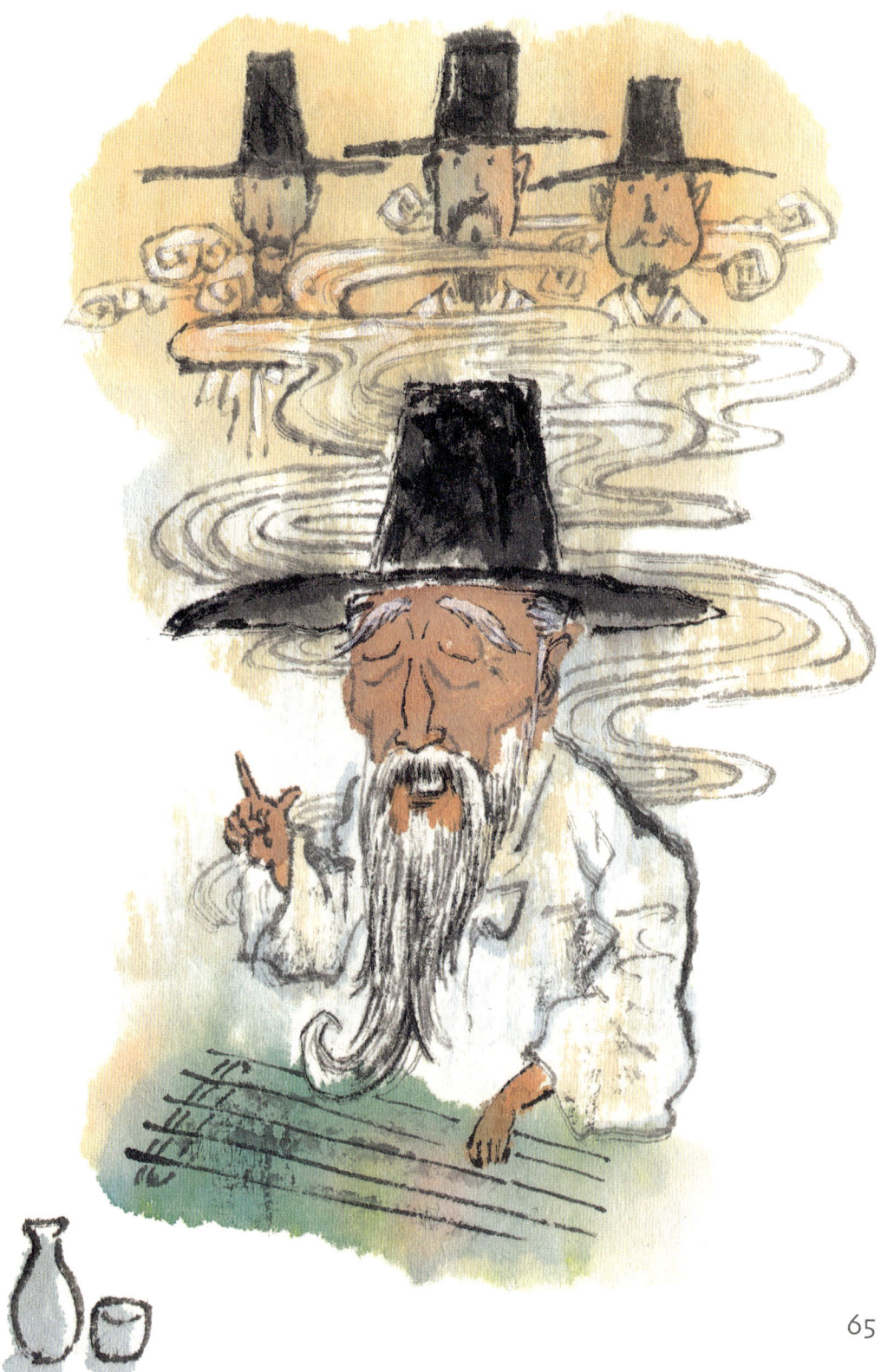

"글쎄. 면앙 송순은 남이 버린 땅을 사서 정자를 지었긴 하네만……. 참, 그 얘기 아나?"

송순은 조선 시대 사람이에요. 벼슬에서 물러난 뒤 고향에 내려와 자기의 호를 따서 '면앙정'이라는 정자를 짓고 평생을 살았지요. 그런데 이 면앙정에는 재미있는 얘기가 전해지고 있어요.

면앙정 자리에는 원래 곽씨 성을 가진 사람이 살고 있었어요.

어느날 곽씨는 금어와 옥대를 두른 선비들이 자기 집 안을 왔다 갔다 하는 꿈을 꾸었어요. '금어'와 '옥대'는 높은 벼슬아치들이 임금을 뵐 때 몸에 두르던 것이에요.

"분명 내 아들이 벼슬할 꿈이로구나."

곽씨는 이렇게 생각하여 아들에게 공부를 시켰어요. 하지만 아들은 과거를 볼 때마다 떨어졌어요. 게다가 집안 형편까지 점점 나빠졌어요.

"에이, 재수없는 곳이로군."

곽씨는 자기 뜻대로 되지 않자 집터를 원망했어요. 그래서 송순에게 집터를 팔아 버리고 다른 곳으로 이사를 갔어요. 나중에 송순이 이곳에 정자를 지은 것이지요.

"곽씨라는 사람이 꿈은 제대로 꾸었지. 면앙정에는 훌륭한 문인

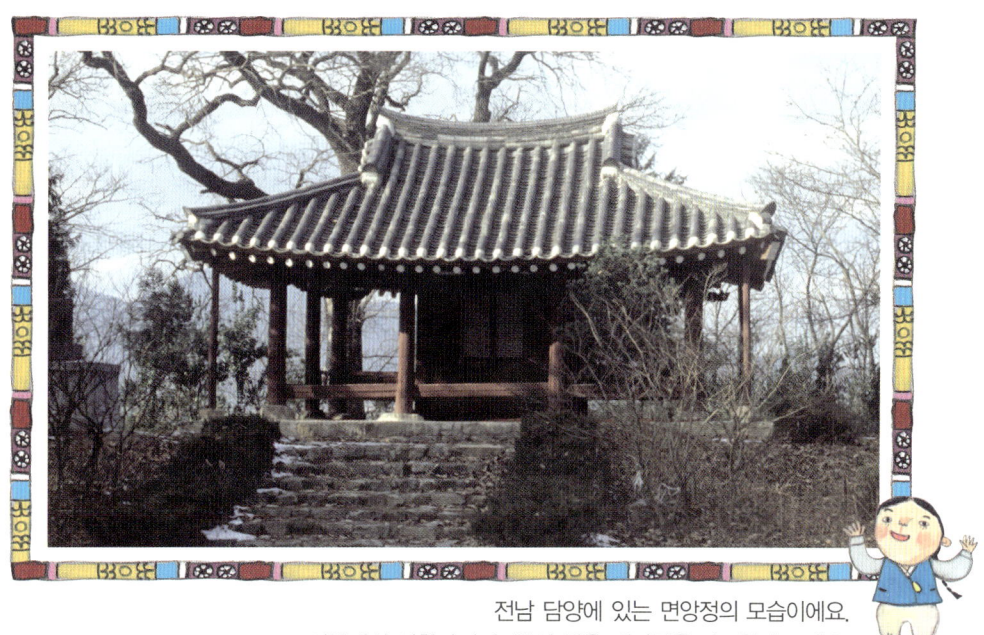

전남 담양에 있는 면앙정의 모습이에요.
이곳에서 이황과 송순 등이 많은 제자들을 가르쳤다고 해요.

들이 끊임없이 찾아오지 않던가? 하긴 내 정자에도 자네들 같은
젊은이들이 찾아오니 면앙정 부럽지 않네만…….”

“그렇게 말씀하시니 송구스럽습니다. 저희는 오늘도 스승님께
시를 배우러 온 것입니다.”

“내가 무슨……. 자네들부터 한 수 읊어 보게나.”

젊은 두 선비는 한참 동안 말없이 주변의 경치를 바라보았어요.
그리고 아름다운 경치를 노래하는 시를 읊었어요.

정자는 이처럼 주변 경치가 잘 보이도록 지었어요. 땅 위에 기둥을 세우고 그 위에 마루를 놓고 지붕을 얹었어요. 마루에 난간을 두르긴 해도 벽을 쌓는 일은 많지 않았어요. 자연을 가까이 느끼기 위해서였지요. 벽을 쌓지 않으니 흙을 쓸 일도 없었어요. 또 나

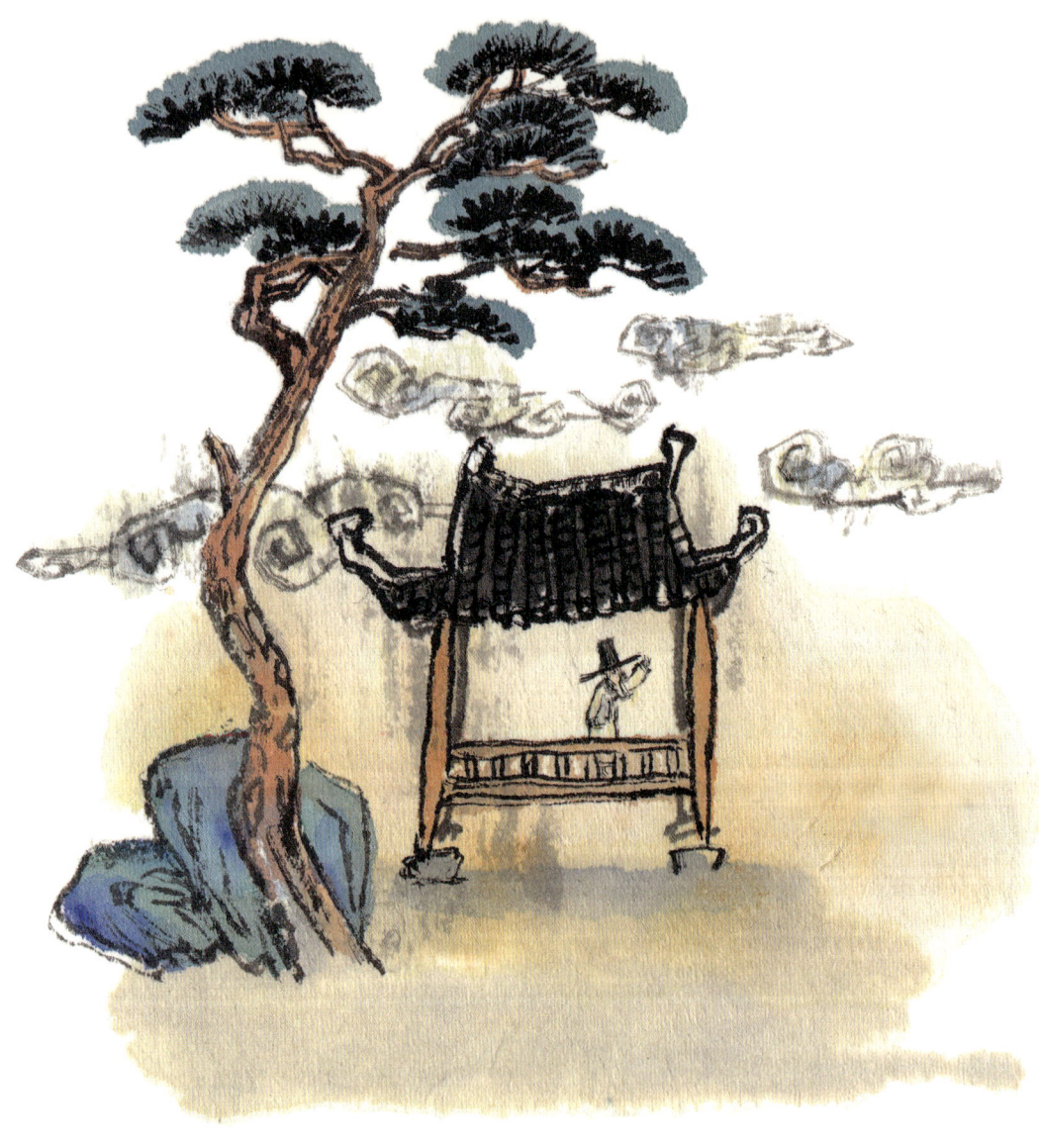

무와 나무를 서로 짜 맞추어 지
었기 때문에 못을 쓸 일도 없
었지요.

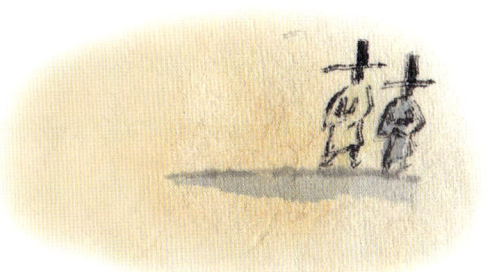

　물론 벽을 두르고 방으로 꾸민
정자가 아예 없었던 것은 아니에요. 하지만
그런 경우에는 사방에 문을 만들어서, 언제나 활짝 열 수 있게 했
어요. 문을 떼어 천장에 걸어 놓을 수 있도록 한 곳도 있어요.

　정자는 사각형을 비롯해 육각형, 팔각형, 십자형, 부채꼴 등 여
러 가지 모양으로 지어졌어요. 지붕의 모양도 팔모지붕, 다각지붕
등 다양했지요. 하지만 정자에는 특별한 장식을 하지 않았어요.
주변 분위기에 걸맞은 시를 써서 기둥에 달아 놓거나, 정자 이름
을 새긴 현판을 걸어 놓는 정도였지요. 만약 정자를 화려하게 꾸
몄다면 어울리지 않았을 거예요. 화려한 정자 때문에 자연의 아름
다운 멋을 제대로 느낄 수 없었을 테니까요.

　정자는 그 자체가 특별히 아름답거나 훌륭한 건축물은 아니에
요. 하지만 정자를 왜 그곳에 세웠는지 알게 되면 정자의 진짜 멋
을 느낄 수 있을 거예요. 정자는 자연을 닮으려는 조상들의 마음
이 담긴 건축물이기 때문이에요.

멋스러운 정자, 식영정

전라남도 담양에 가면 많은 정자들을 만날 수 있어요. 그 가운데서도 식영정은 경치가 가장 아름다운 곳에 자리하고 있어요. 뒤로는 소나무가 가득한 성산 봉우리가 서 있고, 앞으로는 푸른 호수가 내려다보이거든요.

식영정은 조선 명종 임금 때 지어진 것으로, 주인은 임억령이었어요. 임억령은 1525년에 문과에 급제하여 여러 벼슬을 지낸 사람이에요. 그는 마음이 넓고 시와 문장에 뛰어났어요. 그래서인지 임억령은 정자 이름을 짓는 데도 남달랐

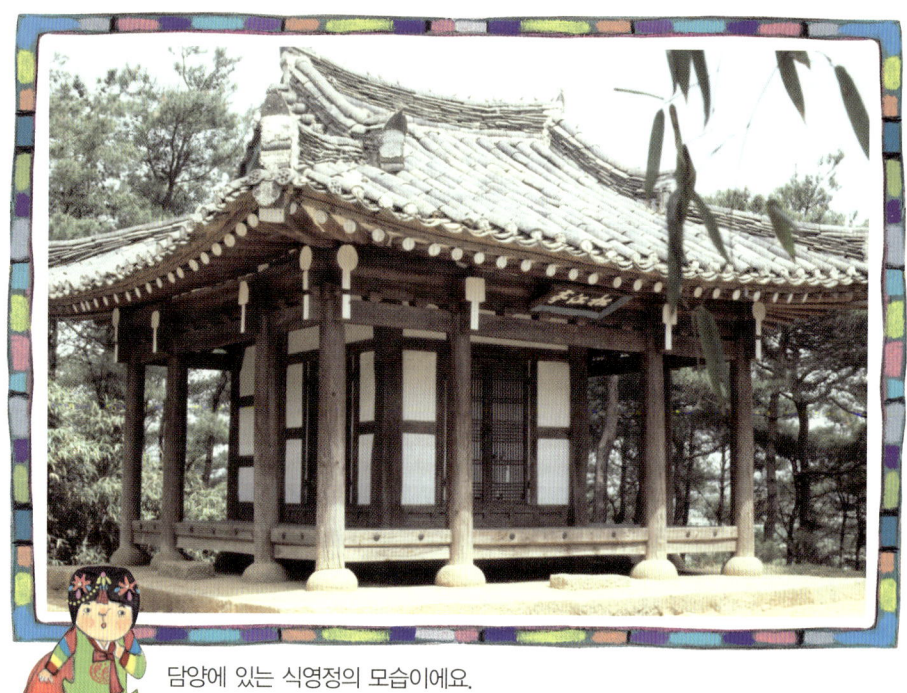

담양에 있는 식영정의 모습이에요.
선비들이 멋진 가사 문학 작품들을 남긴 곳이지요.

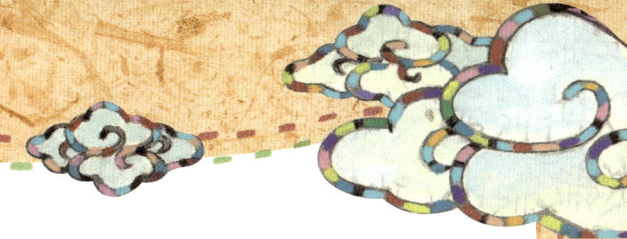

어요. '식영정'은 '그림자가 쉬고 있는 정자'라는 뜻이에요.

　이곳에는 아름다운 경치를 찾아 수많은 문인과 학자들이 드나들었어요. 그 가운데서도 임억령, 김성원, 정철, 고경명은 식영정의 네 신선이라고 불릴 정도였어요. 그들은 식영정에서 보이는 풍경을 수많은 시로 남겼어요.

　그중에서 식영정을 가장 유명하게 만든 것은 송강 정철의 〈성산별곡〉이에요. 정철은 〈성산별곡〉에서 숲 속에 묻힌 식영정의 멋과 주변의 풍경을 아름답게 그렸어요.

　담양에는 식영정 외에도 가까운 곳에 면앙정, 송강정, 환벽당 등 조선 시대의 유명한 정자들이 있었어요. 이곳은 모두 조선 시대 최고의 시가 탄생된 곳들이랍니다.

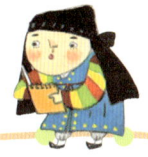

꼼꼼 지식 돋보기

송강 정철은 조선 시대에 좌의정까지 오른 정치가이자 뛰어난 문장가예요. 〈성산별곡〉, 〈관동별곡〉, 〈사미인곡〉, 〈속미인곡〉 등 조선 시대를 대표하는 글을 남겼지요. 그의 글은 호탕하고 비장하며, 순우리말을 자유자재로 살려 썼어요. 윤선도와 함께 가사 문학의 대가로 알려져 있답니다.

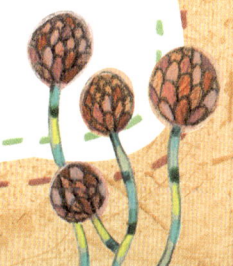

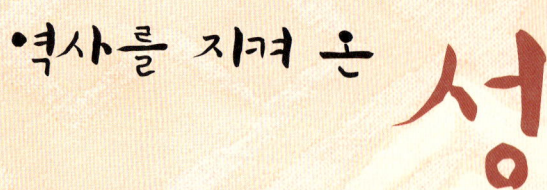

역사를 지켜 온 성

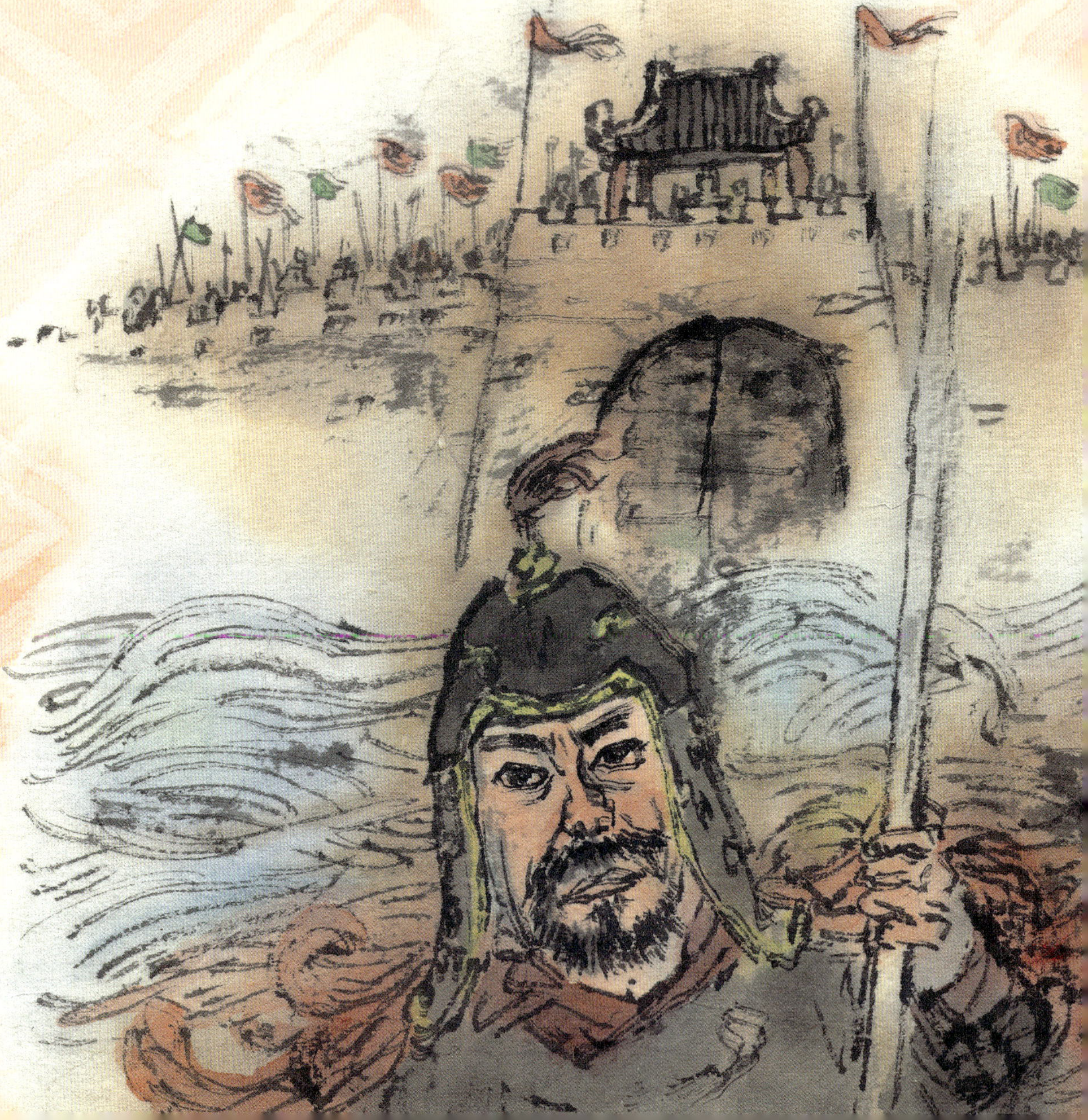

"공격하라!"

조총으로 무장한 왜군들이 성문을 향해 몰려오기 시작했어요.

"쏴라! 한 놈도 올라오지 못하도록 계속 쏴라!"

권율 장군의 목소리가 성 안을 울렸어요.

행주산성을 지키는 1만여 명의 병사는 몰려오는 왜군들을 향해 쉬지 않고 활을 쏘았어요. 그러자 왜군들은 성벽 앞에 설치해 놓은 목책을 넘지 못하고 물러났어요. '목책'은 나무 기둥을 엮어서 만든 것으로 울타리처럼 생겼어요. 성 쌓는 기술이 없었던 삼국 시대에는 이런 목책을 쌓았어요. 그러다가 차츰 흙으로 성을 쌓게 되었고, 그다음에 돌성을 쌓을 수 있었지요.

권율 장군은 왜군에게 빼앗긴 한양을 되찾기 위해 병사 1만 명을 이끌고 행주산성으로 들어갔어요. 행주산성은 한양에 있는 왜군들을 물리치려면 꼭 지키고 있어야 하는 중요한 곳이었거든요. 권율 장군은 가장 먼저 성벽 밖에 튼튼한 목책을 두 겹으로 쌓게 했어요. 그러면 권율 장군이 어떻게 싸웠는지 그 이야기를 한번 들어볼까요?

"전하, 왜군의 침략에 대한 준비가 필요하옵니다. 성을 쌓고 무기와 식량을 준비해야 할 것입니다."

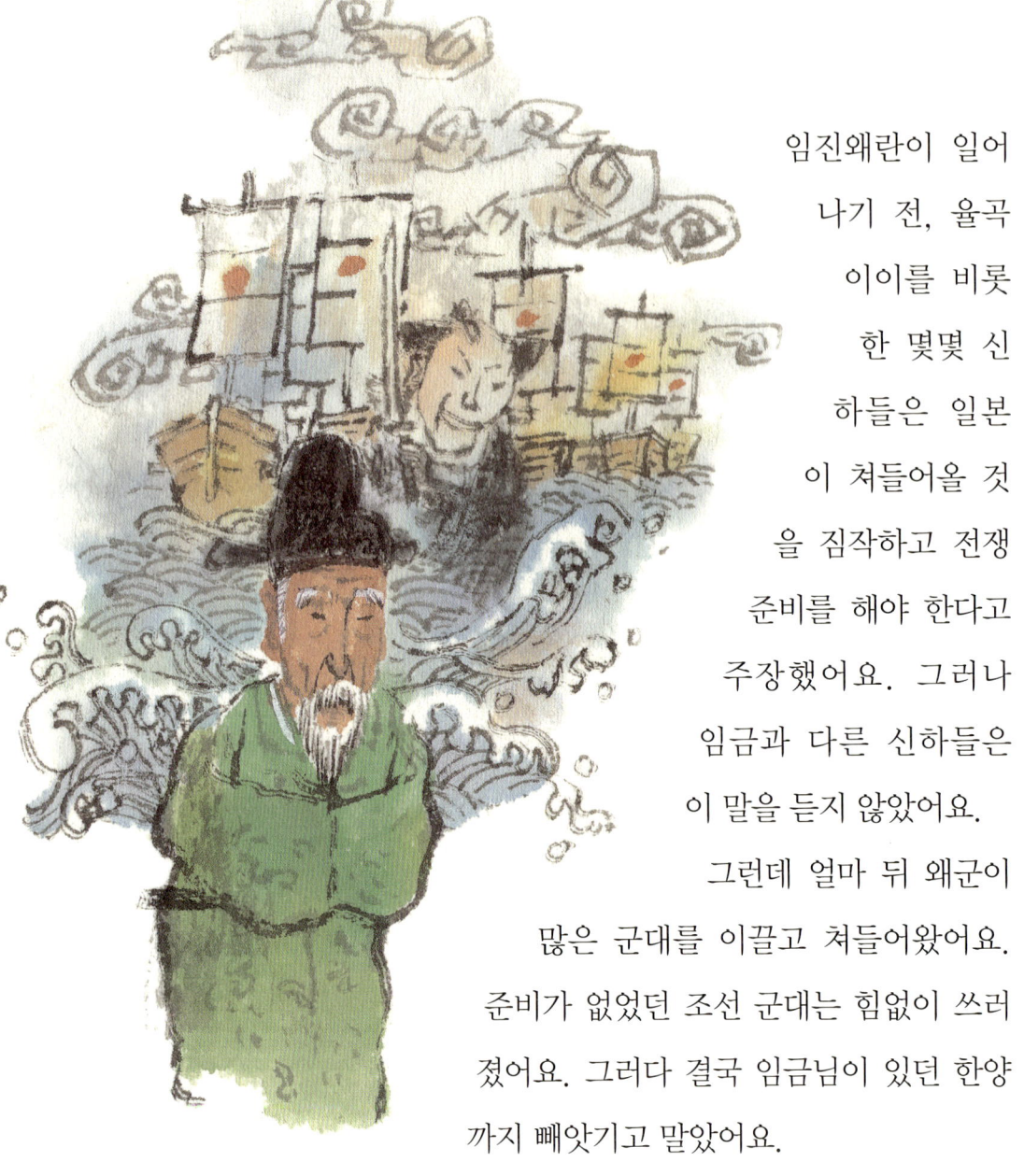

임진왜란이 일어
나기 전, 율곡
이이를 비롯
한 몇몇 신
하들은 일본
이 쳐들어올 것
을 짐작하고 전쟁
준비를 해야 한다고
주장했어요. 그러나
임금과 다른 신하들은
이 말을 듣지 않았어요.

그런데 얼마 뒤 왜군이
많은 군대를 이끌고 쳐들어왔어요.
준비가 없었던 조선 군대는 힘없이 쓰러
졌어요. 그러다 결국 임금님이 있던 한양
까지 빼앗기고 말았어요.

"조선은 역시 우리 상대가 못 되는군."

왜군은 더욱 힘이 나서 계속 밀고 올라왔어요. 그러나 우리나라에는 용감한 장군들이 있었어요.

"전하, 권율이 전라도를 되찾았다 하옵니다."

"그래? 정말 장하구나."

권율 장군은 계속해서 왜군을 무찌르며 한양을 되찾으러 올라왔어요. 이때, 북쪽에서는 명나라 군대가 조선을 도와주러 내려오기 시작했어요. 이 사실을 안 왜군은 후퇴를 준비했어요. 이때를 놓치지 않고 권율 장군은 명령을 내렸어요.

"한양을 되찾기 위한 기회는 바로 지금이다. 행주산성으로 들어가 싸움을 준비하라!"

이렇게 해서 권율 장군이 1만여 명의 병사를 이끌고 행주산성에 들어갔던 거예요.

행주산성 안에서의

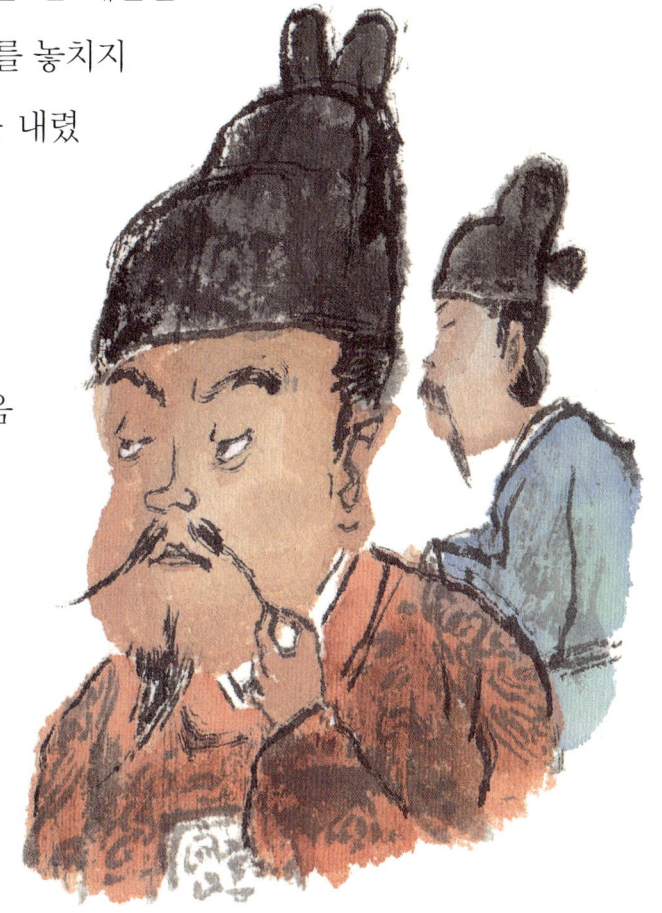

싸울 준비가 모두 끝났을 때였어요. 조총으로 무장한 왜군이 공격해 왔어요. 싸움이 시작되기 전, 권율 장군은 모든 병사를 모아 놓고 이렇게 외쳤어요.

"이번 싸움에서 이기냐 지느냐에 따라 너희 목숨은 물론, 나라의 운명이 달려 있다. 죽기를 각오하고 끝까지 싸운다면 반드시 승리할 것이다!"

조선 병사들이 죽을 각오로 싸울 준비를 하고 있을 때 왜군들은 코웃음을 쳤어요.

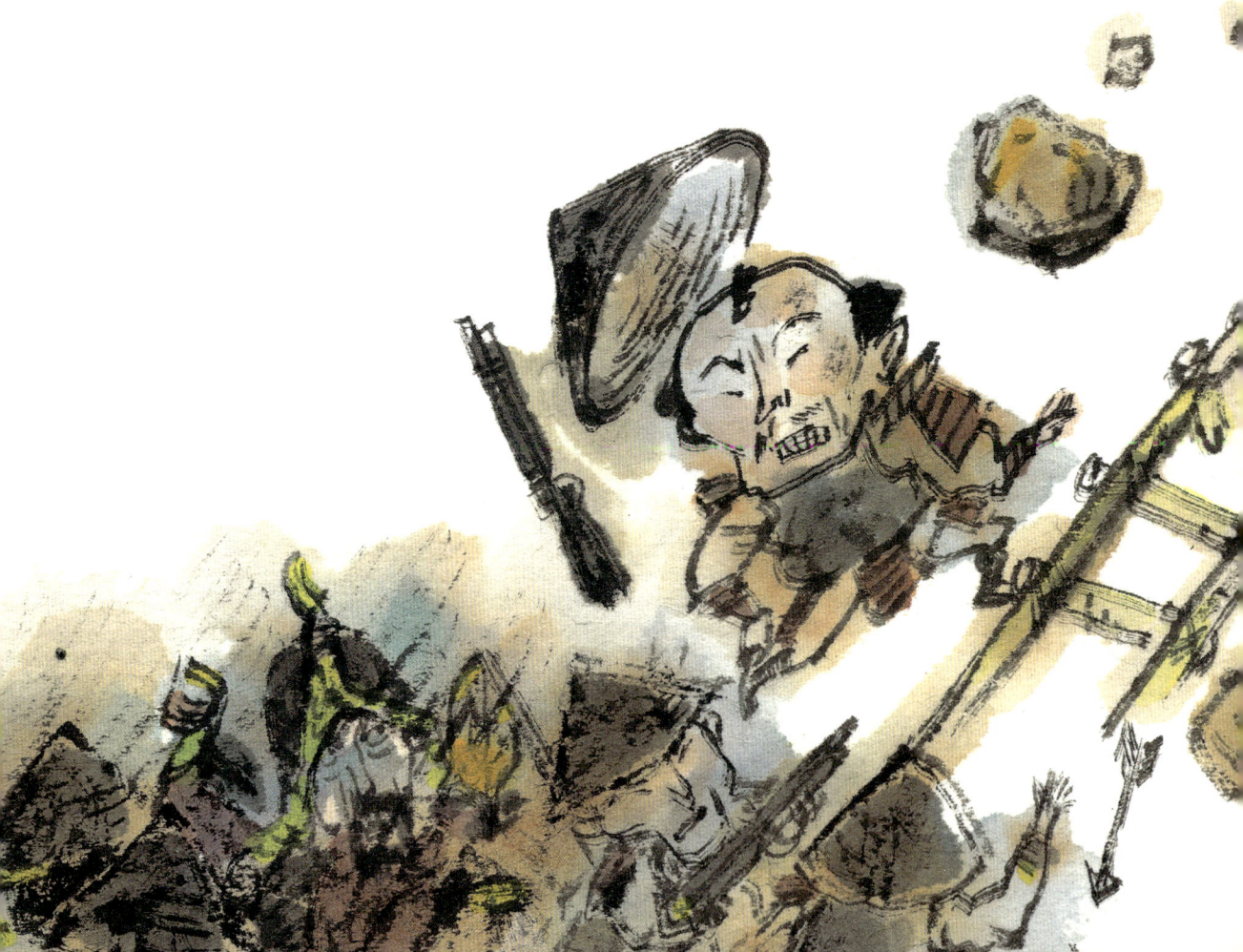

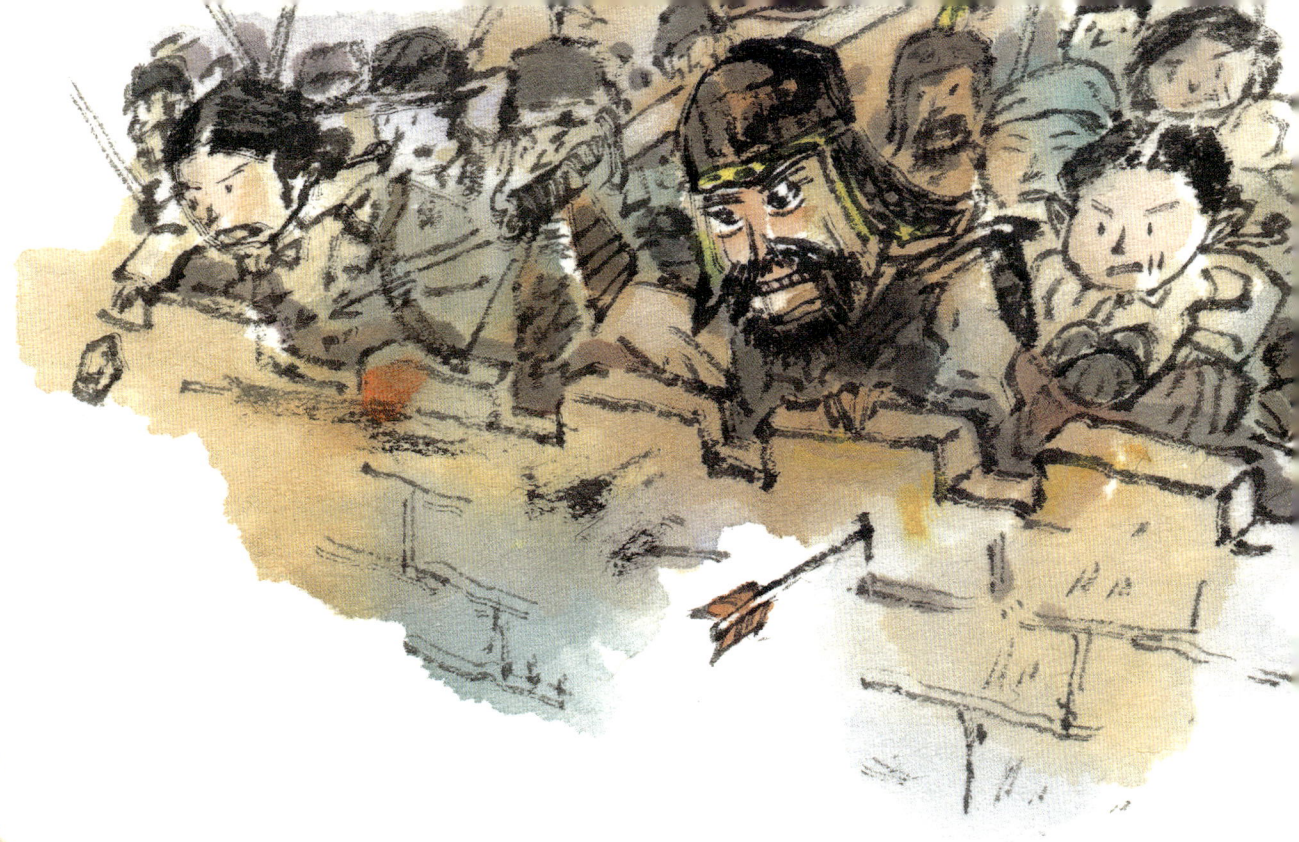

"보잘것없는 조선 군대가 감히 우리와 맞서 싸우겠다고? 얼마든지 덤벼 보라지. 조선군 정도는 발로 차서 거꾸러뜨릴 테니 말야. 하하하!"

싸움은 아침 일찍 시작되었어요. 처음에는 조선 병사들이 왜군을 쉽게 물리쳤지만 차츰 힘이 떨어지기 시작했어요. 왜군이 성벽 아래까지 다가오자 병사들은 겁을 먹고 뒤로 내뺐어요.

"겁먹지 마라. 도망가면 죽을 것이고, 맞서 싸운다면 승리할 것이다!"

권율 장군의 우렁찬 목소리에 병사들은 다시 용기를 얻었어요.

싸움이 시작된 지 열 시간이 흘렀어요. 이제 성 안에는 화살이 모두 떨어져 하나도 남아 있지 않았어요.

"화살이 없으면 돌을 던져라!"

병사들은 성 안에 있는 돌을 모아 성 아래로 던지기 시작했어요. 여자들도 가만히 있지 않고 앞치마에 돌을 날라 왔어요. 모두 힘을 합하여 끝까지 싸운 결과 조선 군대는 마침내 승리를 거두었어요. 이것이 바로 그 유명한 '행주대첩'이에요.

권율 장군은 산성의 특징을 이용할 줄 알았어요. 행주산성은 깊은 계곡에 있었기 때문에 적들은 한꺼번에 쳐들어오지 못하고 조금씩 나누어 공격해 왔어요. 그래서 적은 병사로도 많은 적을 물리칠 수 있었어요. 게다가 성 안에는 먹을 물이며 필요한 것들이 모두 갖추어져 있어서 열두 시간이 넘도록 싸울 수 있었지요.

임진왜란을 겪고 나서야 조정은 비로소 성의 중요성을 절실하게 깨닫게 되었어요. 그래서 낡은 성을 튼튼히 고치고, 많은 성을 새로 쌓았어요. 북한산성과 남한산성은 적에게 한양을 내주었던 것을 부끄럽게 여기며 쌓은 성들이에요.

성에는 산성 외에도 여러 가지가 있어요. 왕궁을 가운데 놓고 둘

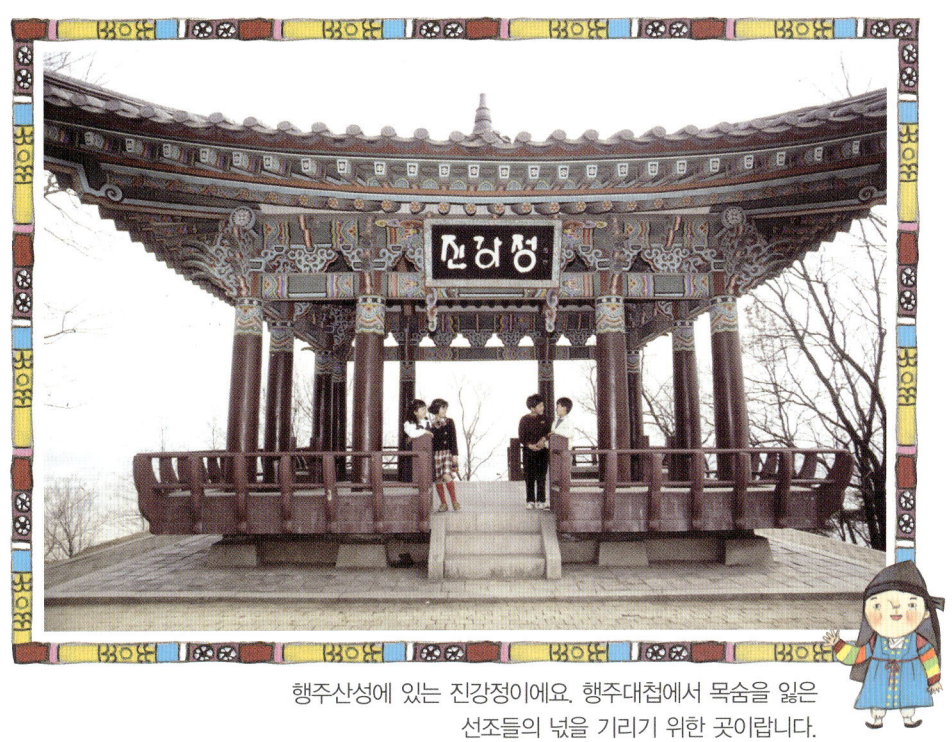

행주산성에 있는 진강정이에요. 행주대첩에서 목숨을 잃은
선조들의 넋을 기리기 위한 곳이랍니다.

러쌓은 성을 '도성'이라고 해요. 왕궁을 지키기 위해 쌓은 것이지
요. 또 나라와 나라 사이에는 장성을 쌓았어요. 길게 쌓은 성이라
고 해서 '장성'이라고 불렀지요. 중국에는 그 길이가 만 리나 되
는 만리장성이 있어요.

　큰 고을을 둘러쌓은 성은 '읍성'이라고 해요. 성 안의 모습은
다른 마을들과 똑같아요. 많은 집들과 시장, 관청도 있었어요. 평

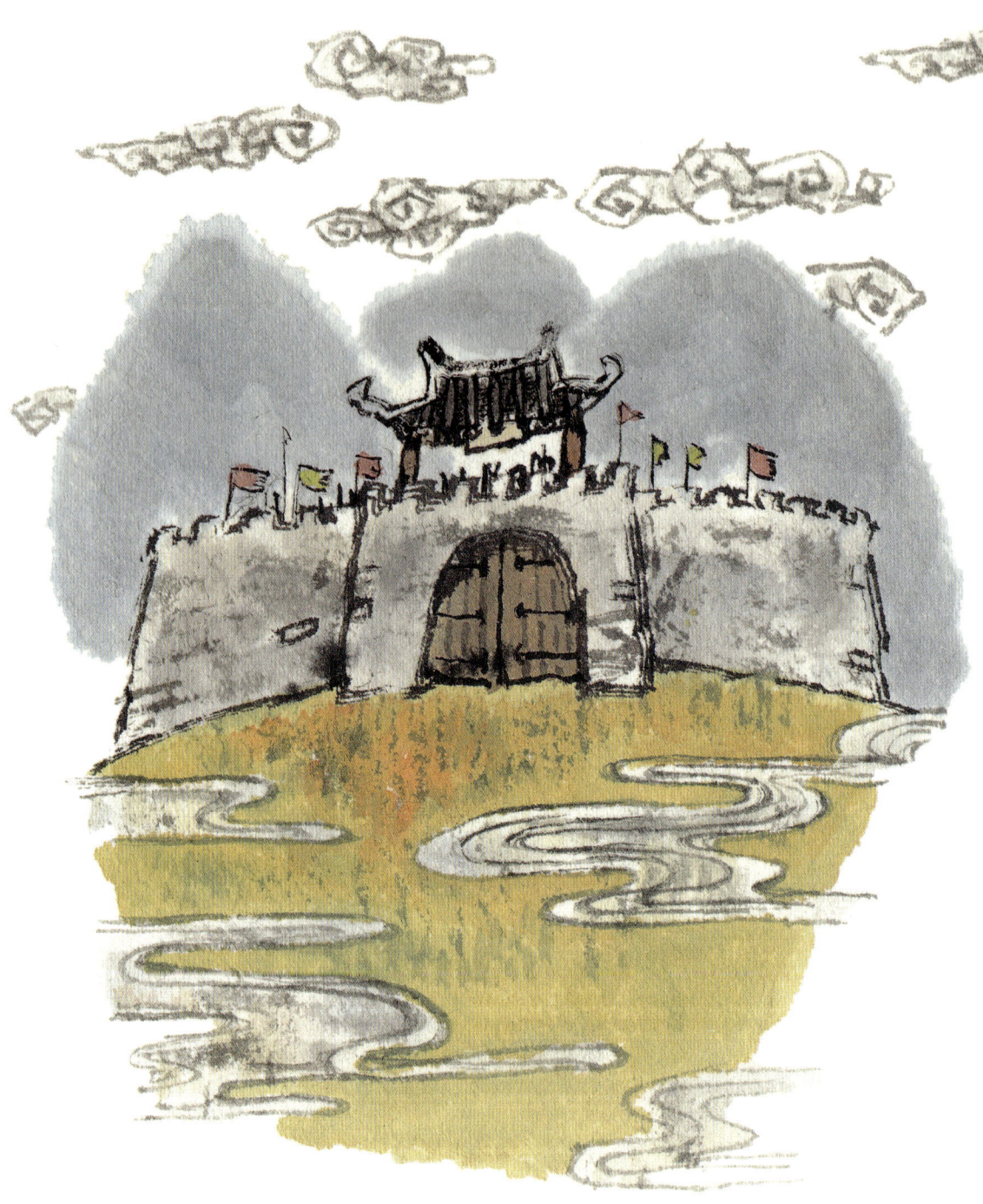

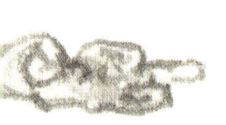
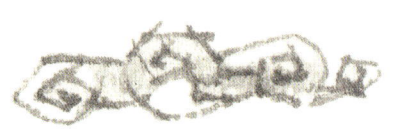

소에는 성문을 열어 놓지만, 전쟁이 일어나면 성문을 걸어 잠그고 싸웠어요. 전라남도 순천의 낙안읍성이나 충청남도 홍성의 해미 읍성은 오늘날까지도 옛 읍성의 모습을 잘 지니고 있어요.

이러한 여러 성들 가운데 적의 침략을 가장 잘 막을 수 있는 것은 산성이에요. 다른 성들은 들판과 같은 평지에 쌓지만 산성은 험한 산에 쌓기 때문이에요. 그래서 적의 침략이 끊이지 않던 우리나라에는 산성이 가장 발달되었어요.

지금도 우리나라에는 곳곳에 수많은 성들이 남아 있어요. 우리 조상들이 나라를 지키기 위해 산 위에, 평지에, 바닷가에 수많은 성을 쌓았던 거지요. 이러한 성들이 있었기에 우리나라는 끊임없는 외적의 침입을 막아 내고 오늘날까지 역사를 이어 올 수 있었던 거랍니다.

효심으로 지은 수원성

수원성은 우리나라 성 가운데 가장 완벽한 모습을 갖추고 있는 조선 시대의 성이에요. 우리나라는 물론 다른 나라 성들의 좋은 점만을 가져다가 쌓았기 때문이에요.

수원성을 쌓은 것은 정조 임금 때였어요. 정조 임금은 효심이 지극한 분이었어요. 아버지를 생각하며 능에 자주 가고 싶었지만, 능이 있던 양주까지는 거리가 너무 멀었어요. 그래서 능을 한양과 가까운 지금의 수원으로 옮겼어요. 그리고 이곳에 성을 쌓고 그 안에 여러 건물과 궁궐도 지었어요.

성을 쌓는 모든 과정은 다산 정약용이 계획하고 감독했어요. 정약용은 활차와 거중기를 발명해 성을 좀 더 쉽게 쌓을 수 있도록 했어요. '활차'는 지금의

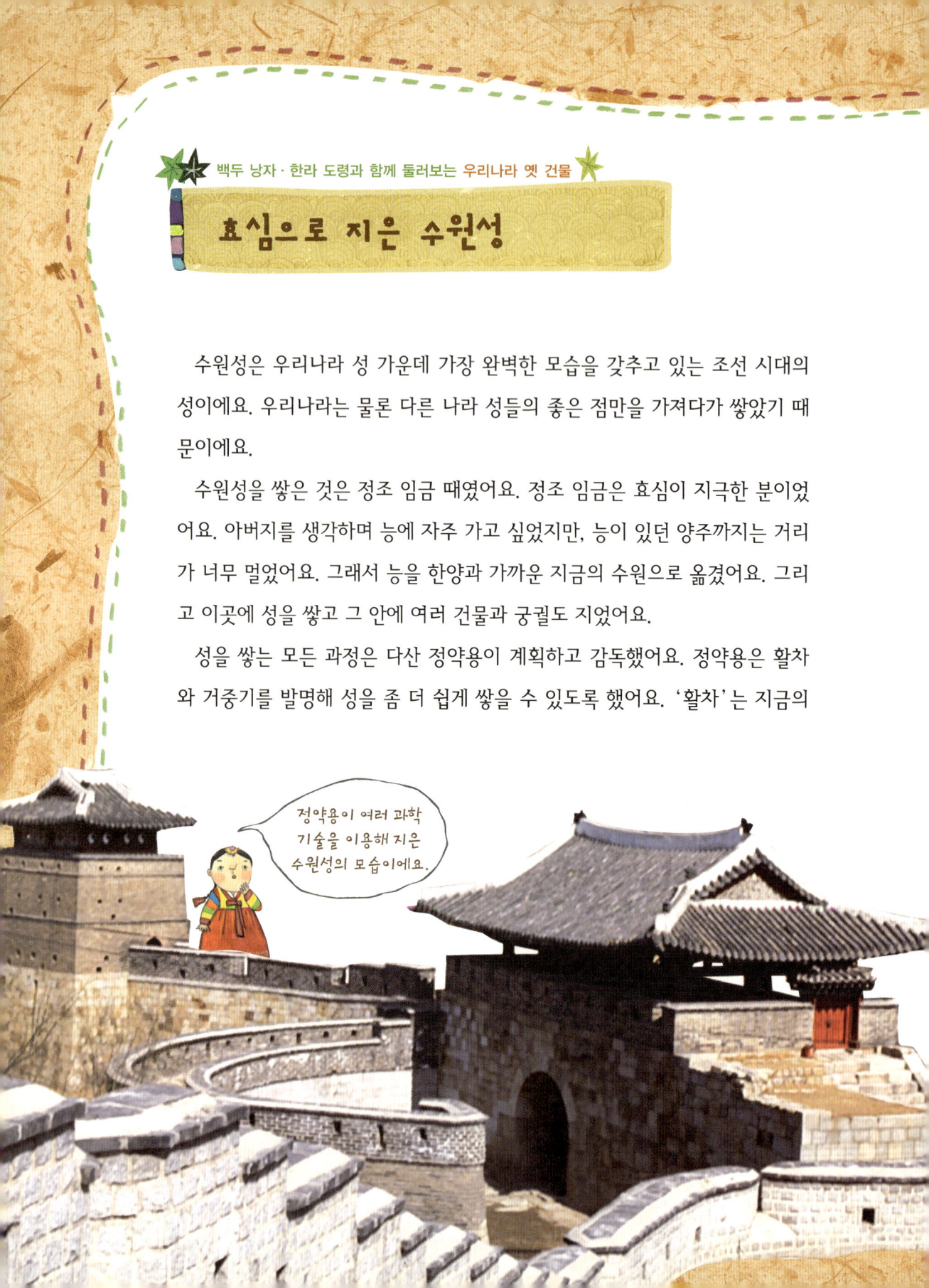

정약용이 여러 과학 기술을 이용해 지은 수원성의 모습이에요.

도르래와 같은 것이고, '거중기'는 무거운 것을 들어 올리는 기계예요. 거중기를 이용해서 한 번에 15,000킬로그램이나 들 수 있었다고 해요. 그래서 2년 6개월 만에 성을 완성할 수 있었어요.

성벽에 벽돌을 사용한 것도 수원성이 처음이었어요. 그동안에는 돌만 가지고 성을 쌓았지만 수원성에는 벽돌과 돌을 섞어 쌓았어요. 그래서 성벽의 모습이 다른 어떤 성보다 아름답지요.

또한 수원성은 읍성과 산성이 합해진 모습이에요. 팔달산 계곡을 따라 둘러진 성벽이 큰 도시를 감싸 안은 모습이지요. 북쪽에 장안문, 남쪽에 팔달문, 동쪽에 창룡문, 서쪽에 화서문이 있는데, 이 가운데 팔달문은 수원의 상징처럼 여겨지고 있어요. 하지만 안타깝게도 지금은 성벽만 남아 있고, 성 안에 지어졌던 건물들은 거의 남아 있지 않답니다.

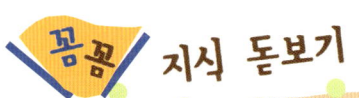 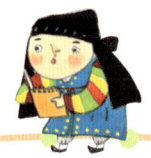

꼼꼼 지식 돋보기

수원성은 18세기에 만들어졌어요. 비록 만들어진 지 얼마 되지는 않았지만 방어적 기능이 뛰어나다는 특징이 있어요. 약 6킬로미터에 달하는 성벽 안에는 4개의 성문이 있으며 모든 건조물이 각기 모양과 디자인이 다른 다양성을 지니고 있지요. 이런 점들을 높게 평가받아 1997년 12월 유네스코 세계 문화유산으로 등록되었답니다.

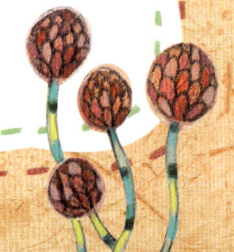

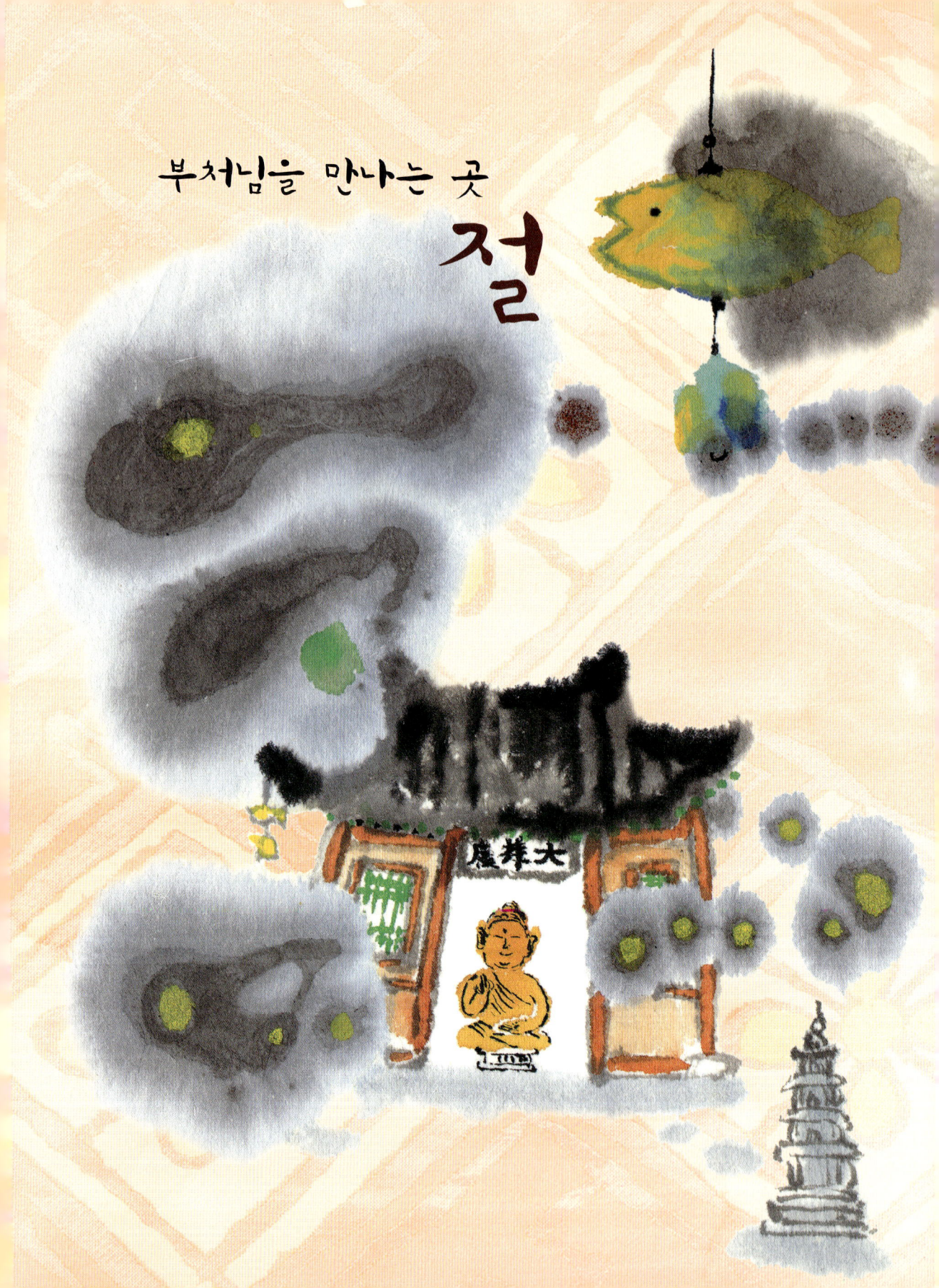

부처님을 만나는 곳
절

"**아이고 다리야!** 아빠, 도대체 얼마나 더 가야 절이 나오는 거예요?"

민우는 다리가 아프다고 계속 투덜거렸어요.

"조금만 더 가면 된다."

"얼마나요? 이젠 더는 못 가겠단 말예요."

민우는 금방이라도 주저앉을 기세였어요. 그러다가 민우네 가족은 절 쪽으로 가고 있는 스님을 만나게 되었어요.

"허허, 고 녀석. 이젠 다 왔으니 엄마 아빠 좀 그만 괴롭혀라."

스님은 이렇게 말하며 껄껄 웃었어요.

"정말요?"

"그럼 정말이지. 저 앞에 문이 보이지? 저 문이 절 안으로 들어가는 대문이란다."

스님은 손가락으로 앞쪽을 가리키며 말했어요. 그곳에는 높은 나무 기둥 두 개가 큰 지붕을 받치고 있었어요.

민우는 얼른 앞으로 달려갔어요.

"아빠, 이게 문이래요."

"그래. 이걸 일주문이라고 하는 거야. 여기서부터 절이니, 너처럼 방정 떨지 말고 마음을 차분히 하라고 알려 주는 문이야."

아빠는 이렇게 말하며 민우의 머리를 콕 쥐어박았어요.

이번에는 스님이 약을 올렸어요.

"저 앞에 가면 또 문이 있는데, 아마 너 같은 개구쟁이는 못 들어가게 막을걸?"

"그런 게 어디 있어요?"

"저기 있구나. 아마 너는 사천왕에게 혼쭐이 날 거야."

스님은 앞에 보이는 문을 가리켰어요. 그 문은 사천왕문이었어요. '사천왕'은 동서남북을 지키는 지국천왕, 증장천왕, 광목천왕, 다문천왕을 말해요. 귀신들이 절 안으로 들어가지 못하도록 문을 지키고 있는 것이지요. 그래서 사천왕은 귀신들을 짓밟거나 깔고 앉은 모습을 하고 있어요.

"하나도 무섭지 않은데요, 뭘! 스님은 거짓말쟁이신가 봐."

"민우야, 스님께 그런 말 하면 못써."

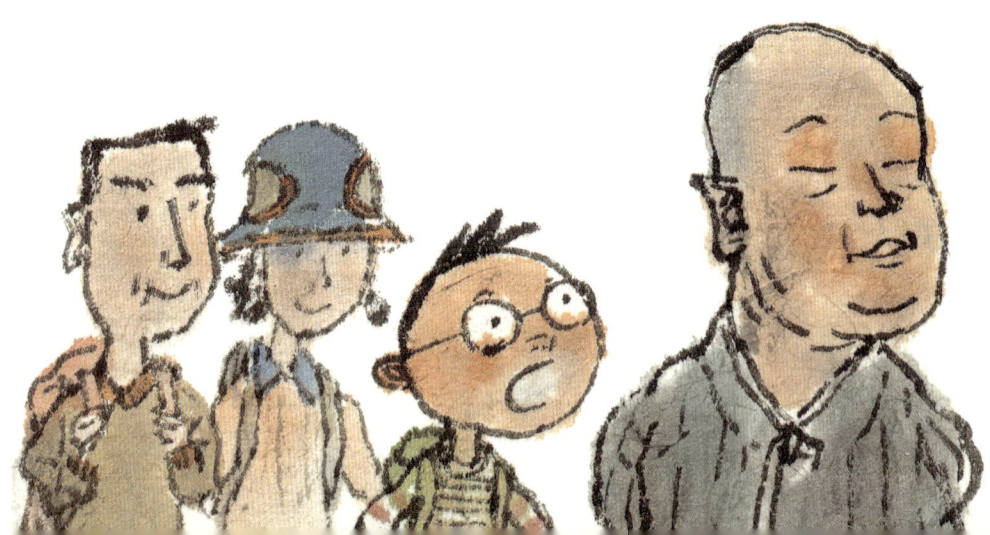

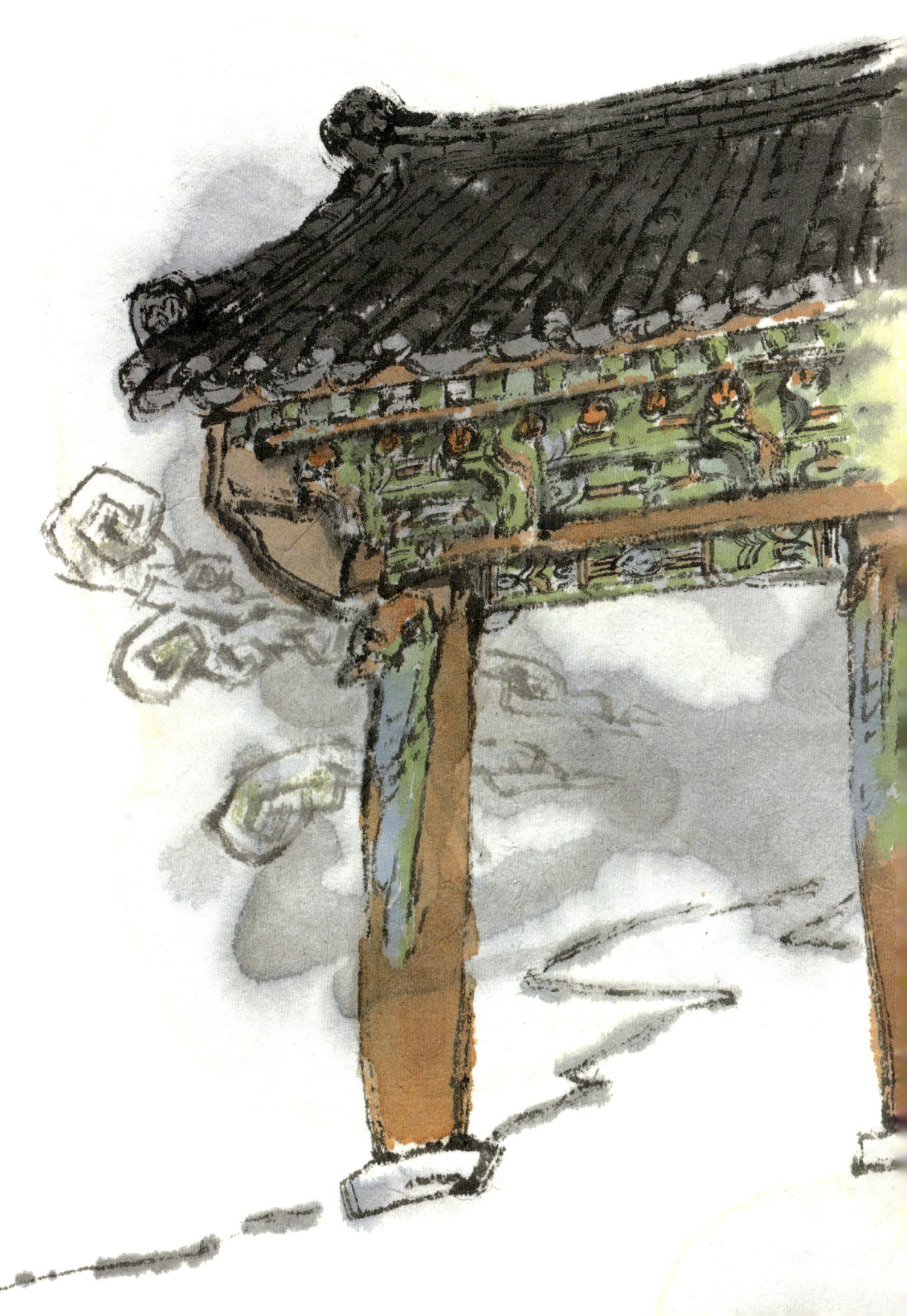

엄마가 깜짝 놀라 민우를 나무랐어요.

"괜찮습니다. 어차피 죄가 많아서 그걸 용서받으려고 수행을 하는 건데요. 자, 이만 저는 불공드리러 가겠습니다. 부디 부처님을 만나 뵙고 좋은 시간 보내시길 바랍니다."

스님은 이렇게 말하고 담장 옆으로 난 작은 길로 들어섰어요. 민우는 스님이 간 쪽을 바라보며 고개를 갸웃거렸어요. 스님의 말이 무슨 뜻인지 알 수 없었거든요.

"아빠, 스님은 진짜 거짓말을 많이 한 거예요?"

"그게 아니야. 스님은 부처님의 가르침을 따르는 분이야. 그래서 절에 살면서 부처님의 말씀을 공부하고, 부처님의 가르침대로 살기 위해 불공을 드리시는 거야."

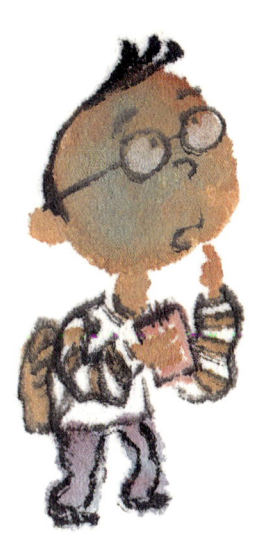

사람들의 눈에 잘 띄지 않는 절의 뒤쪽에는 스님들이 생활하는 곳이 있어요. 이곳을 '승방'이라고 해요. 스님들은 이곳에서 지내며 공부를 하고 마음을 다스리는 수행을 하지요. 그 밖에도 스님들은 채소를 가꾸고, 음식을 만드는 등 여러 가지 일을 해요. 자기들이 필요한 것은 스스로 해결하는 것이지요. 불교에

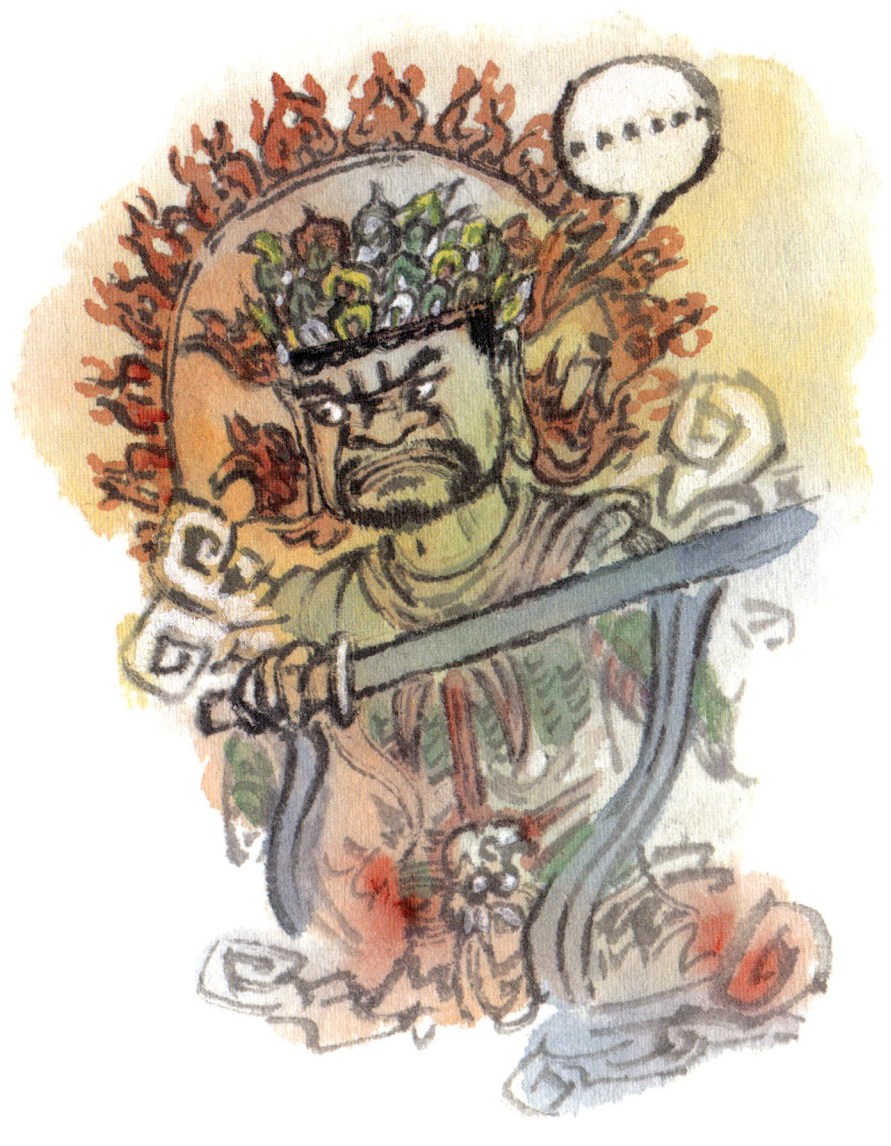

서는 이런 일을 모두 부처님의 말씀을 따르는 일이라 여겨요.

"아, 이젠 알았어요."

민우는 아빠의 얘기에 고개를 끄덕였어요.

민우는 엄마 아빠 손을 잡고 절 마당으로 들어섰어요. 마당에는 커다란 탑이 서 있었어요.

"아빠, 탑은 왜 만들었나요?"

"탑은 부처님을 존경하고 받드는 마음을 나타낸 거란다. 절이 처음 생겼던 신라 시대에는 자기가 살던 집을 바쳐 부처님께 절을 지어 드렸지. 그러다가 만든 것이 탑이야."

탑 가운데에는 부처님의 사리를 모신 것이 있어요. 불교에서는 마음을 잘 다스려 깨우침을 얻으면 몸속에 구슬 모양의 맑은 알맹이가 생긴다고 하는데, 그것을 '사리'라고 해요. 이런 사리를 넣어 둔 탑을 '사리탑' 또는 '부도'라고 부르지요. 그 가운데서도 부처님의 사리를 모신 것을 '진신 사리탑'이라고 해요.

또 어떤 탑에는 금은 장신구나 향로, 구리 거울, 옷 같은 것을 넣기도 했어요. 그것은 부처님께 드리는 선물과 같은 것이었지요. 그래서 탑에서 나온 물건들을 보고 그 시대의 특징을 알 수 있기도 해요.

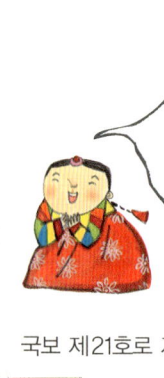

탑에서 세계에서 가장 오래된 목판 인쇄물인 '무구정광대다라니경'이 발견되었어요.

국보 제21호로 지정된 석가탑

"어, 저기는 뭐 하는 곳이에요? 사람들이 절을 하네요."

민우는 높은 곳에 있는 건물을 가리키며 말했어요.

"저기는 대웅전이야. '대웅'은 큰 영웅이라는 뜻이야. 영웅들 중에서도 가장 으뜸가는 영웅이신 부처님이 거기에 계시다는 뜻이지. 저분들은 부처님께 불공을 드리는 거야."

"불공이 뭐예요?"

"부처님께 비는 거야. 소원이 있으면 소원을 빌고, 죄가 있으면 용서를 비는 거지. 너도 들어가 볼래?"

민우는 엄마를 따라 대웅전 안으로 들어갔어요.

대웅전 안쪽에는 연꽃 모양의 단 위에 부처님의 모습을 한 불상이 있었어요. 그리고 양쪽에는 부처님을 모시는 보살님들이 있었어요. 보살님은 부처님 다음가는 성인이에요. 부처님 곁에는 항상 보살님들이 있지요.

민우는 부처님을 보자 그동안 잘못했던 일들이 떠올랐어요. 부처님은

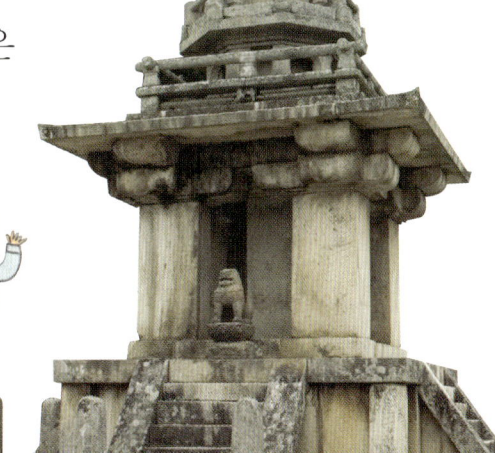

일제 시대에 많이 손상되었지만, 빼어난 아름다움을 지금까지 간직하고 있어요.

국보 제20호로 지정된 다보탑

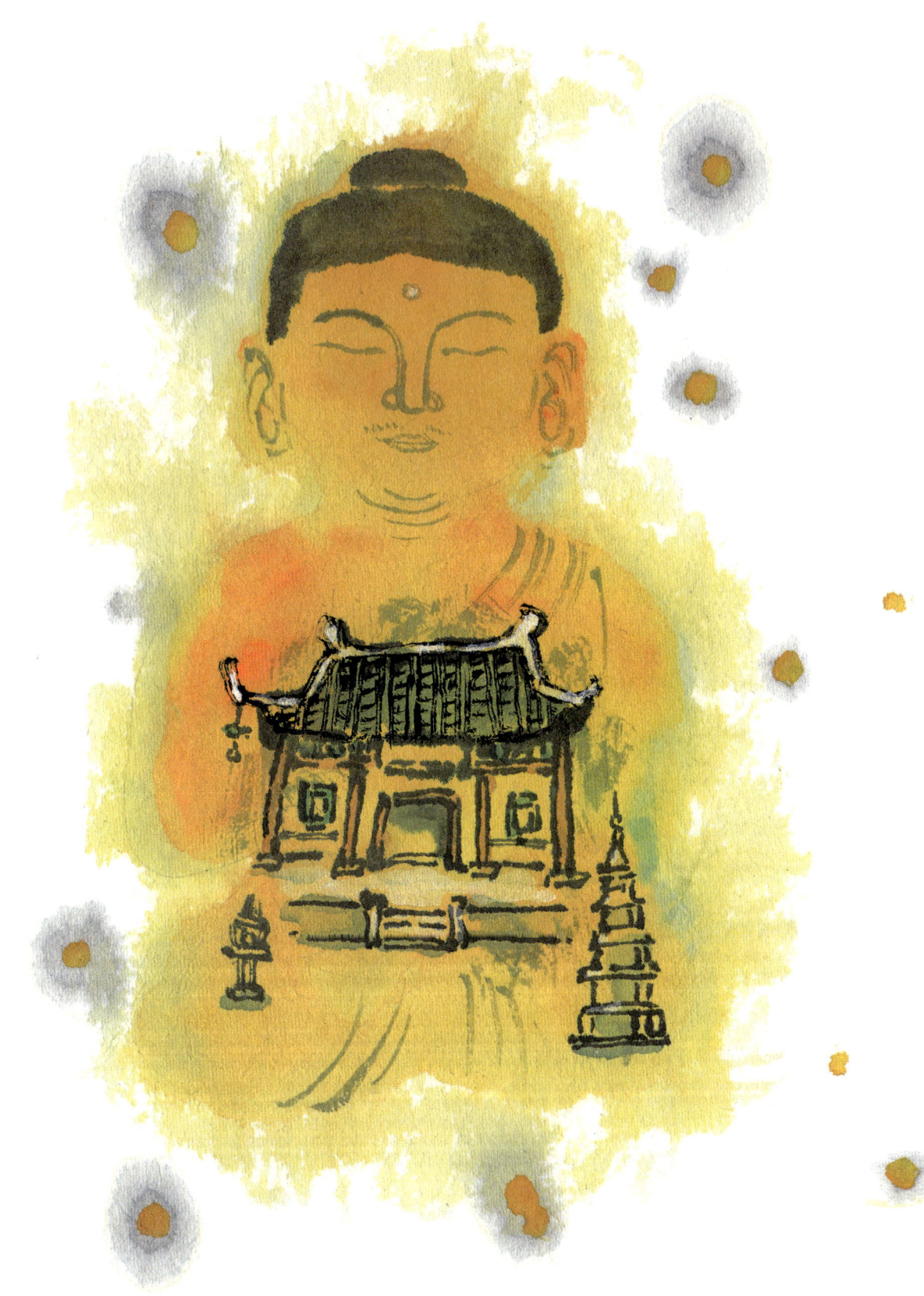

그것들을 다 알고 있을 것만 같았어요. 그래서 민우도 엄마처럼 부처님께 절을 올렸어요. 그랬더니 마음이 가벼워졌어요.

이처럼 절에 가면 부처님을 만날 수 있어요. 그리고 부처님께 불공을 드릴 수도 있고요. 부처님의 은혜에 감사드리고 소원도 빌고, 또 부처님 앞에서 자기 잘못을 뉘우치며 용서를 빌기도 해요.

그래서 우리 조상들은 절을 자주 찾았어요. 집안에 큰일이 있거나 누군가 아프기라도 하면 절에 갔지요. 또 마음이 괴롭고 힘들 때에도 절을 찾았어요. 그리고 부처님에게서 위로를 받아 새 힘을 얻고 씩씩하게 열심히 살 수 있었답니다.

훌륭한 스님이 많은 절, 송광사

송광사는 전라남도 순천시 조계산 기슭에 있는 절이에요. 조계산 산자락이 감싸 안은 듯 펼쳐져 있고, 대웅전 양쪽에는 승보전 · 지장전이 서 있어 웅장한 느낌을 주지요.

처음에 송광사는 길상사라고 불렸어요. 신라 시대에 혜린 선사가 절을 세우고 길상사라고 했지요. 그 뒤에 보조국사 지눌이 송광사로 이름을 바꾸었는데 그러면서 절도 크게 발전했어요.

송광사에서는 보조국사 지눌을 비롯하여 열여섯 명의 국사가 나왔어요. '국사'란 한 나라의 스승이나 임금이 스승으로 삼았던, 덕이 높은 스님을 일컫는 말이에요. 훌륭한 스님들이 많이 난 절이라고 해서 송광사를 '승보 사찰'이라고도 해요. 스님을 보물로 갖고 있다는 뜻이지요.

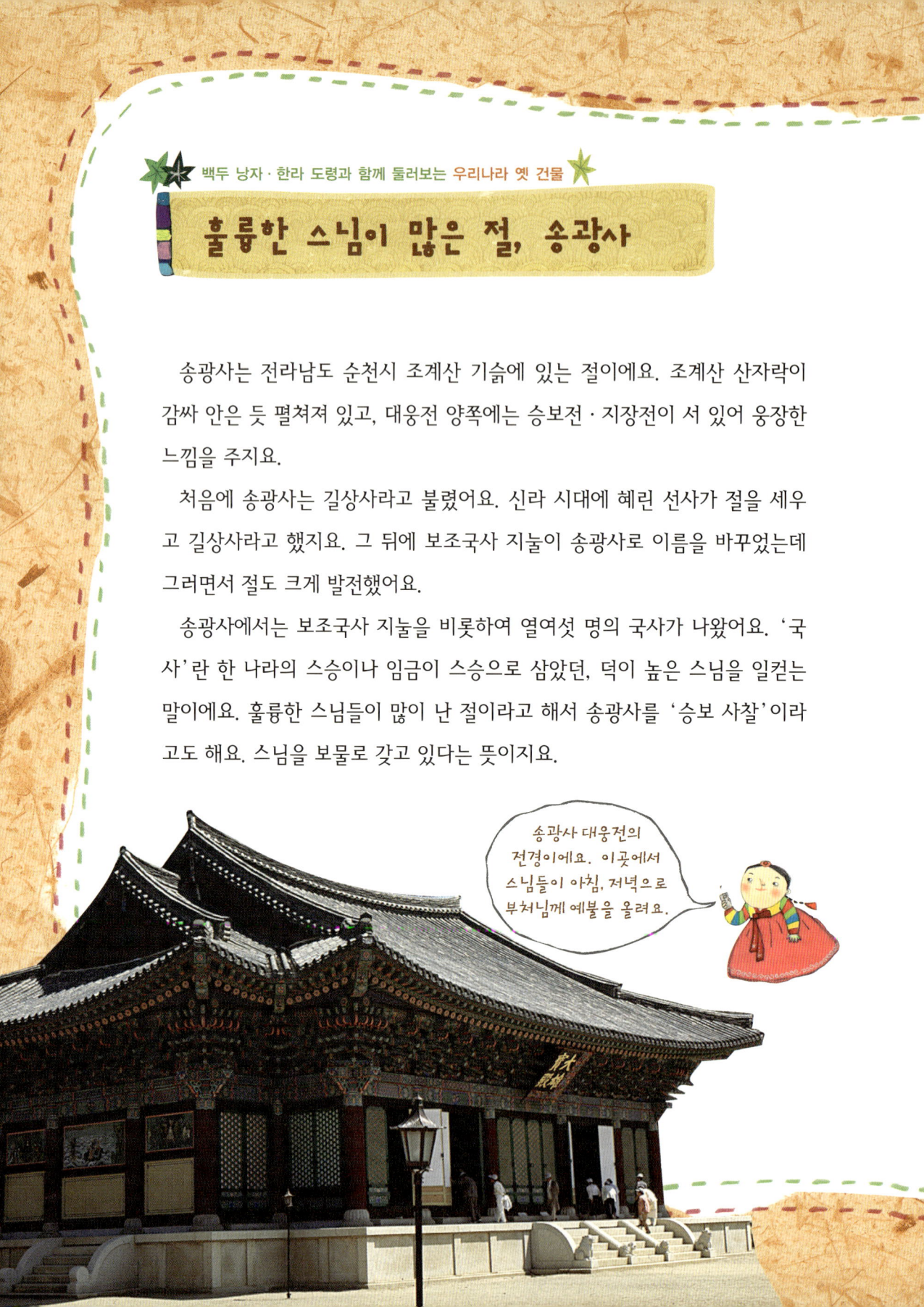

송광사 대웅전의 전경이에요. 이곳에서 스님들이 아침, 저녁으로 부처님께 예불을 올려요.

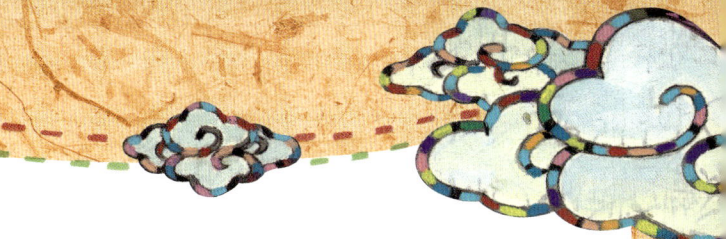

　또한 송광사에는 '목조삼존불감', '국사전', '고려고종제서' 등 유명한 국보 3점이 있어요.

　불상을 모시기 위해 나무나 돌, 쇠 등을 깎아 작은 규모의 불당을 만든 것을 불감이라고 해요. 나무로 만들어진 이 '목조삼존불감'은 보조국사 지눌이 당나라에서 돌아오는 길에 가져와 늘 몸에 지니고 다녔다고 전해지고 있어요. '국사전'은 송광사에서 난 열여섯 분 국사의 영정을 모시고 그 덕을 기리기 위해 세운 건물이에요. '고려고종제서'는 고려 시대 때 고종이 진각국사 혜심에게 대선사의 호를 하사한 제서라고 해요. 붉은색, 황색, 백색 등 색릉 7장을 이어서 두루마리로 만든 것으로, 보존 상태가 좋지 못하여 잘 알아볼 수는 없지만 고려 시대의 고문서로 귀하게 평가받고 있다고 해요.

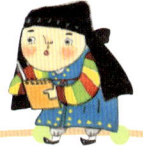

꼼꼼 지식 돋보기

우리나라에는 삼보 사찰이 있어요. 삼보 사찰은 승보 사찰, 법보 사찰, 불보 사찰을 가리켜요. 송광사는 훌륭한 스님들이 많이 난 절이라 하여 '승보 사찰'이라 하고요. 경남 합천에 있는 해인사는 부처님의 말씀을 기록한 팔만대장경을 모신 곳이라 하여 '법보 사찰', 경남 양산에 있는 통도사는 부처님의 몸에서 나온 사리를 모셨다고 해서 '불보 사찰'이라고 한답니다.

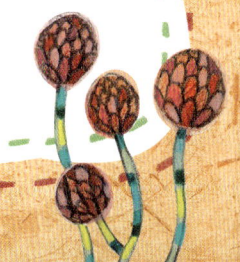

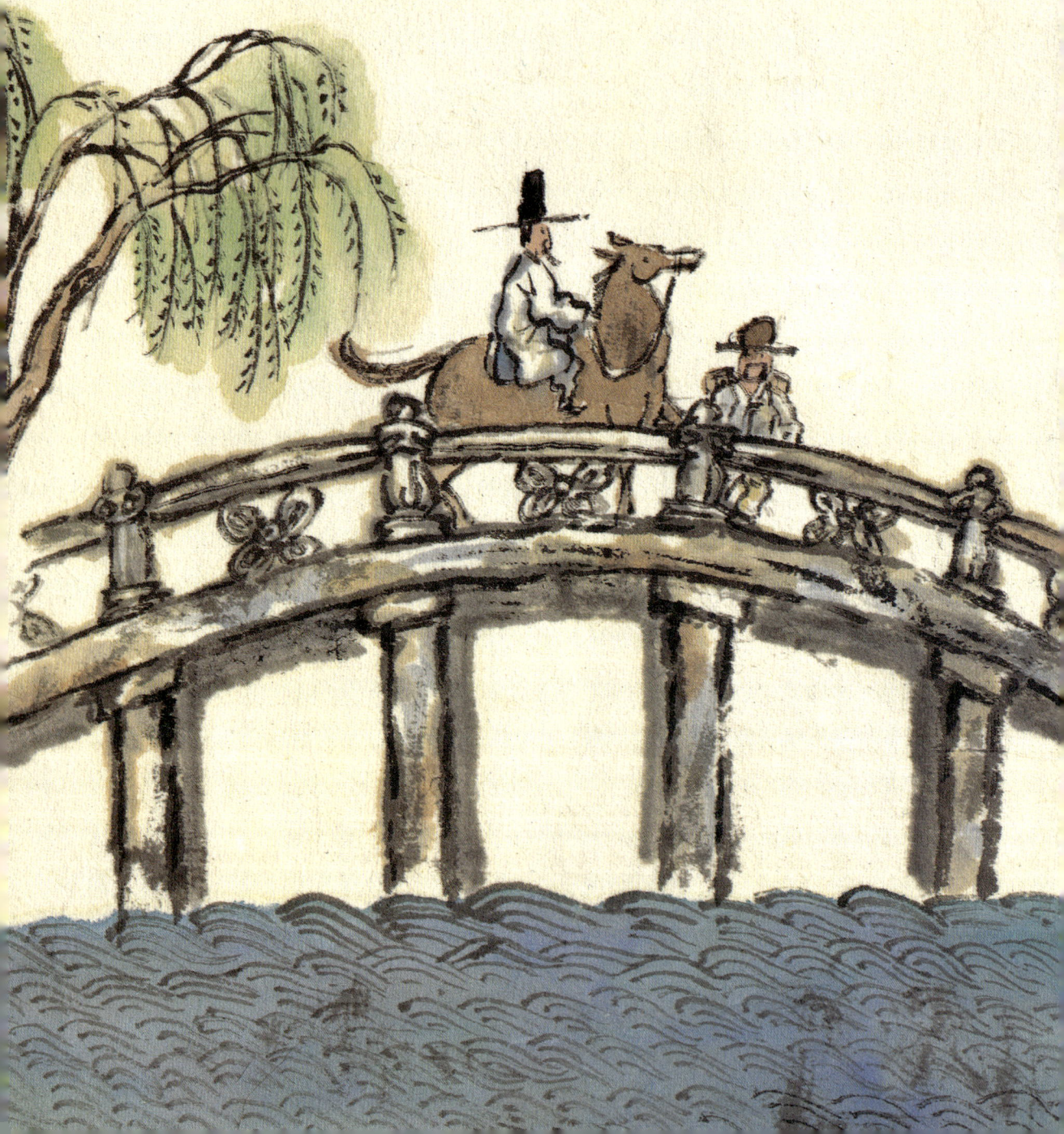

멋과 정성이 담긴
다리

"귀동아, 어서 저녁 먹어라!"

어머니가 대문 앞에서 큰 소리로 귀동이를 불렀어요. 하지만 귀동이는 친구들과 노는 게 더 재미있었어요.

"난 저녁 안 먹어도 돼요."

"엄마랑 아버지는 저녁 먹고 나갈 거야. 누나도 함께 갈 건데 넌 안 갈래?"

엄마가 이렇게 말하자 그제야 귀동이는 엄마에게 달려왔어요.

"어디 갈 건데요?"

"다리밟기하러 갈 거야."

"다리밟기요?"

"그래, 이 바보야. 오늘이 정월 대보름이잖아. 대보름날 밤에 다리를 밟으면 일 년 내내 다리에 병도 안 생기고 나쁜 일도 안 생긴대. 몰랐어?"

누나가 옆에서 참견을 했어요.

"쳇! 아는 척은……."

귀동이네 가족은 저녁을 일찍 먹고 마을에서 조금 멀리 떨어진 강으로 갔어요.

"와, 무지 많다."

강가에는 벌써부터 사람들이 많이 나와 있었어요. 윗마을, 아랫마을 사람들이 모두 모인 것 같았어요.

"사람이 많으니까 어디 가지 말고 누나 옆에 꼭 붙어 있어야 돼. 알았지?"

귀동이 가족은 사람들 뒤를 따라 천천히 다리에 올라섰어요.

"다리에 병이 나지 않게 해 주시고, 나쁜 일이 생기지 않도록 해 주세요."

귀동이는 한 발 한 발 정성스럽게 걸음을 옮겨 놓으며 이렇게 빌었어요.

옆에 있던 누나가 말했어요.

"너 같은 장난꾸러기 소원은 안 들어주신대."

"뭐야?"

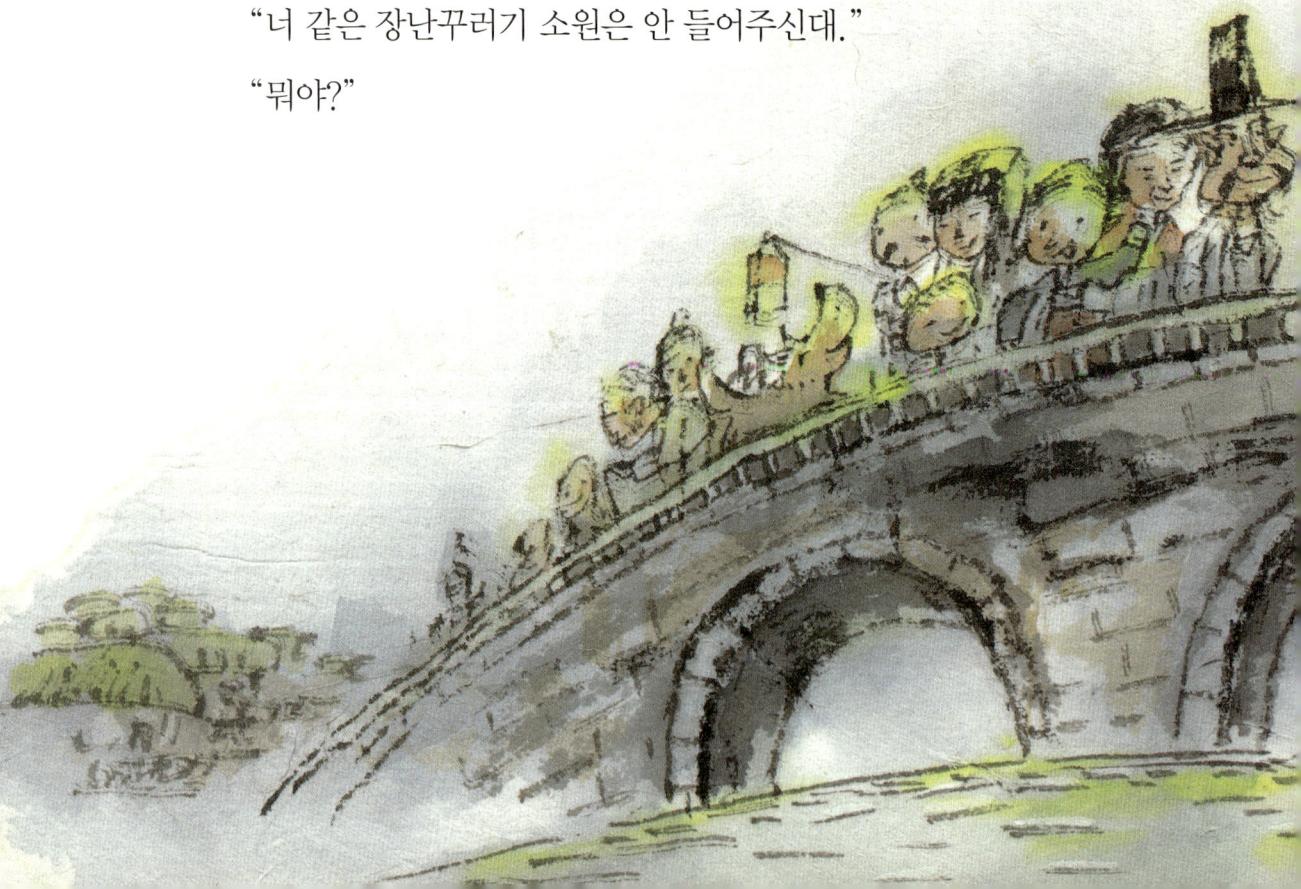

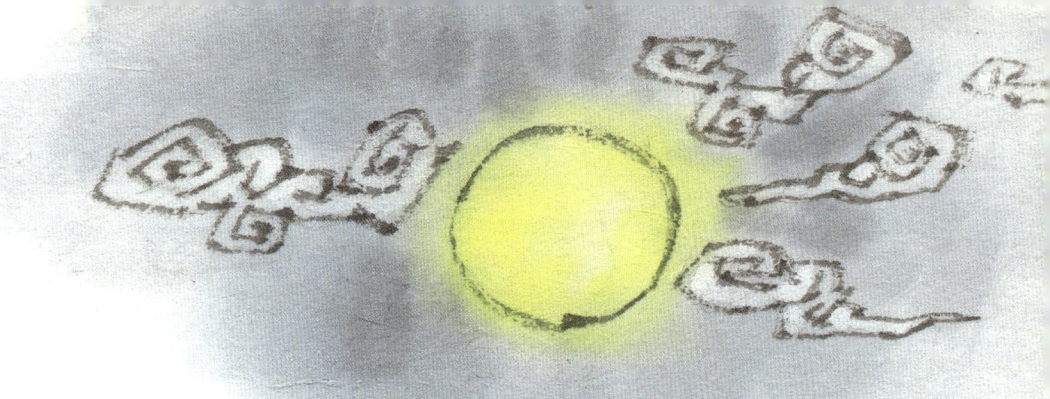

　누나가 귀동이를 놀리는 얘기에 마을 사람들은 모두 큰 소리로 웃었어요.

　우리나라 사람들은 귀동이네 마을처럼 정월 대보름 밤이 되면 온 마을 사람들이 몰려나와 다리밟기 놀이를 했어요. 또 '놋다리 밟기'라는 것이 있었어요. 이것은 여자들만 하는 놀이예요. 많은 여자들이 몸으로 다리 모양을 만들면 한 사람이 그 위를 지나가는 거예요.

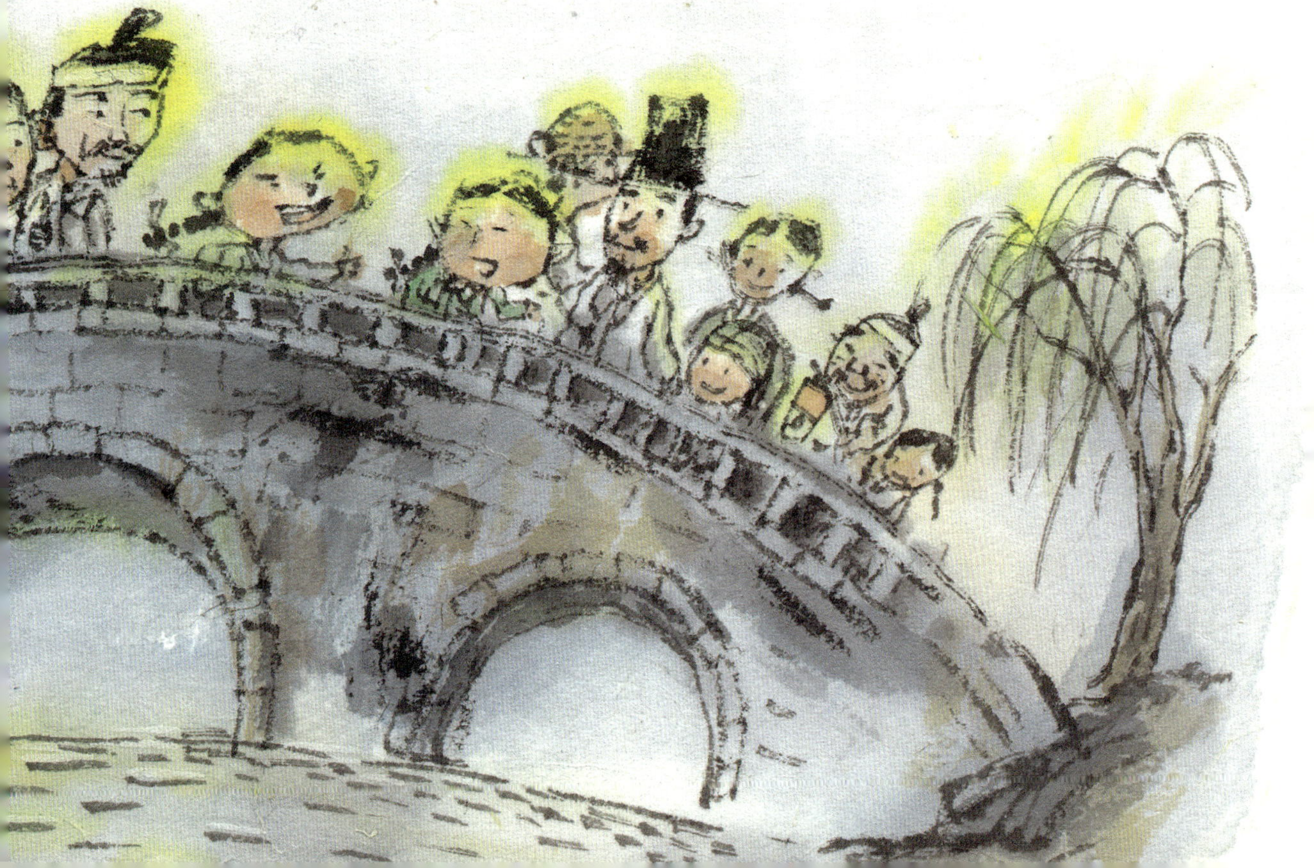

이런 놀이들을 한 것은 마을 사람들이 그만큼 다리를 소중하게 여겼다는 뜻이에요. 왜냐하면 다리는 사람들의 생활을 편리하게 해 주고, 또 마을과 마을을 이어 주는 구실을 했기 때문이지요.

옛날 사람들은 고기잡이나 농사짓기에 편한 물가에 모여 살았어요. 그런 곳에 살다 보니 물을 건너야 할 때가 많았어요.

'물에 빠지지 않고도 강을 건널 수는 없을까?'

사람들은 냇가에 앉아 곰곰이 생각했어요. 그러다가 큰 돌을 보았어요.

'옳지, 바로 저거야!'

냇가에는 큰 돌이 많이 있었어요. 사람들은 큰 돌을 날라다가 강물에 띄엄띄엄 놓았어요. 이것이 바로 '징검다리'예요. 그러다가 아주 작은 개울에는 통나무 다리를 놓게 되었지요. 이것은 나무를 쓰러뜨려 양쪽 물가에 걸쳐 놓은 거예요.

"이렇게 해 놓으니까 참 좋구나!"

사람들은 이제 물에 빠지지 않고도 강을 편안하게 건널 수 있게 되었어요.

그런데 어느 날 큰비가 내렸어요. 밤새 내린 비 때문에 냇물이 불어 징검다리가 물에 잠겼어요. 그리고 개울에 있던 통나무 다리

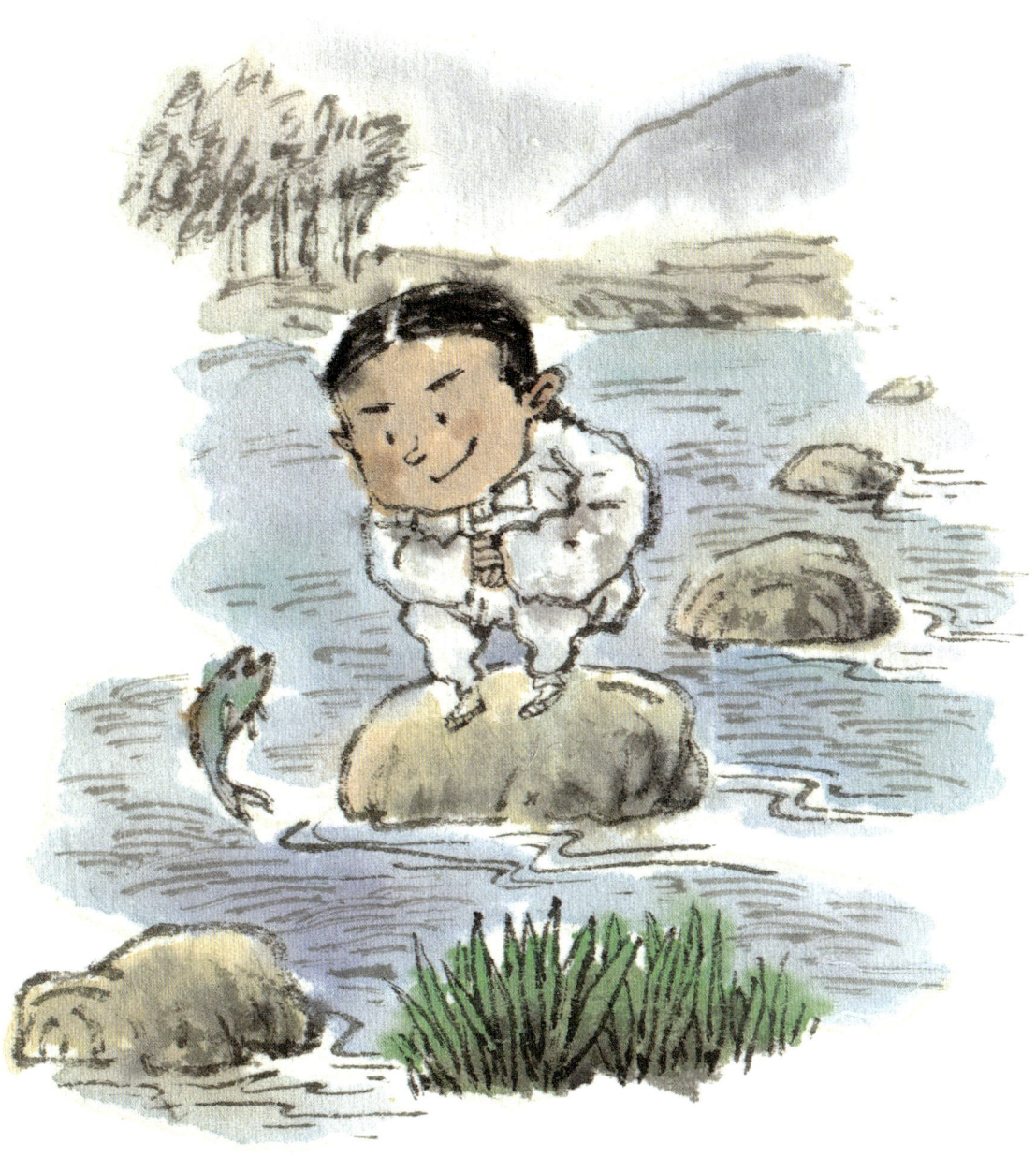

도 큰 물살에 떠내려가 버렸어요.

"물에 잠기지 않게 하려면 다리를 높게 만들어야겠어. 그리고 떠내려가지 않게 하려면 튼튼하게 받쳐 주는 것이 필요하겠지."

이렇게 해서 다리에 기둥을 세우게 되었어요. 그리고 그 위에 나무를 걸쳐 놓았어요. 그렇게 했더니 비가 와도 잠기지 않고, 큰 물살에도 떠내려가지 않게 되었어요.

그런데 또 다른 문제가 생겼어요. 다리 폭이 좁다 보니 가운데서 두 사람이 만나면 누군가 한 사람이 양보해서 뒤로 물러나야 했던 거예요. 그런 경우 한창 개울이나 강을 건너다가 다시 원래 자리로 돌아가야 했으니 매우 불편했지요.

이 문제는 여러 개의 나무를 잇대어 걸쳐 놓는 것으로 해결이 되었어요. 나중에는 더욱 넓게 만들 수 있어 마차도 지나다닐 수 있을 정도가 되었지요. 이런 나무 다리 위에 잔디가 붙은 흙을 덮어 놓은 것을 '흙다리'라고 해요. 나무 사이로 발이 빠지지 않도록 한 것이에요.

마을에 있는 작은 개천에는 모두 이런 다리를 놓았어요. 마을 사람들이 힘을 합하면 쉽게 놓을 수 있었거든요. 하지만 나무로 만들었기 때문에 별로 튼튼하지는 못했어요. 나무는 물을 만나면 쉽

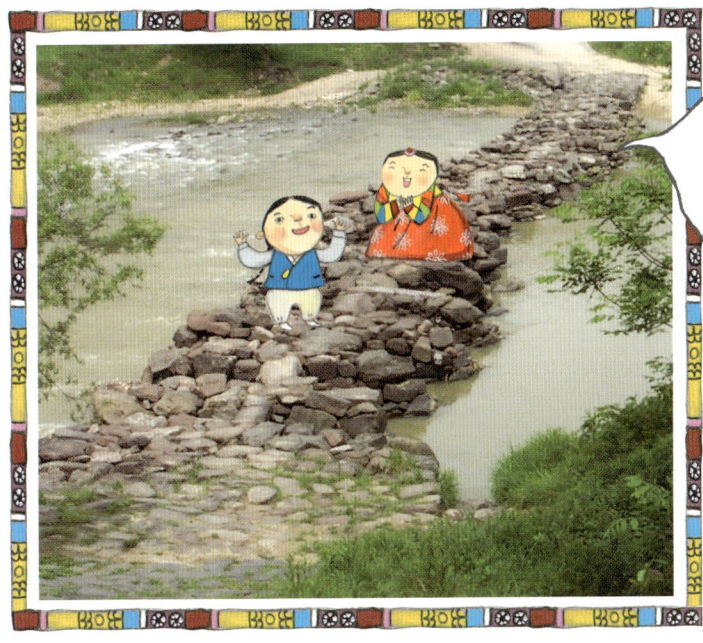

충북 진천군에 있는 농다리의 모습이에요. 돌을 물고기 비늘 모양으로 쌓아 올려 장마철에도 거의 떠내려가지 않아요.

게 썩어 버리거든요. 그래서 해마다 다시 놓아야만 했어요.

썩지 않고 잘 무너지지도 않는 다리가 있어요. 그것은 바로 '돌다리'예요. 우리 조상들은 돌다리를 가장 좋은 다리라고 여겼어요. 하지만 돌다리를 놓으려면 사람도 많이 필요하고 시간도 오래 걸렸어요. 가난한 백성들은 이런 돌다리를 놓기 힘들었어요. 하지만 나라나 절에서 필요한 때는 많은 사람들을 모아 멋진 돌다리를 놓았어요.

그런데 궁궐이나 절에 세운 다리는 꼭 물을 건너기 위해서 놓은 것은 아니었어요. 조선 시대 궁궐 안에는 냇물이 흘렀어요. 그래서 궁궐의 정문에서 궁 안으로 들어가려면 냇물 위에 놓인 돌다리를 건너야 했는데요.

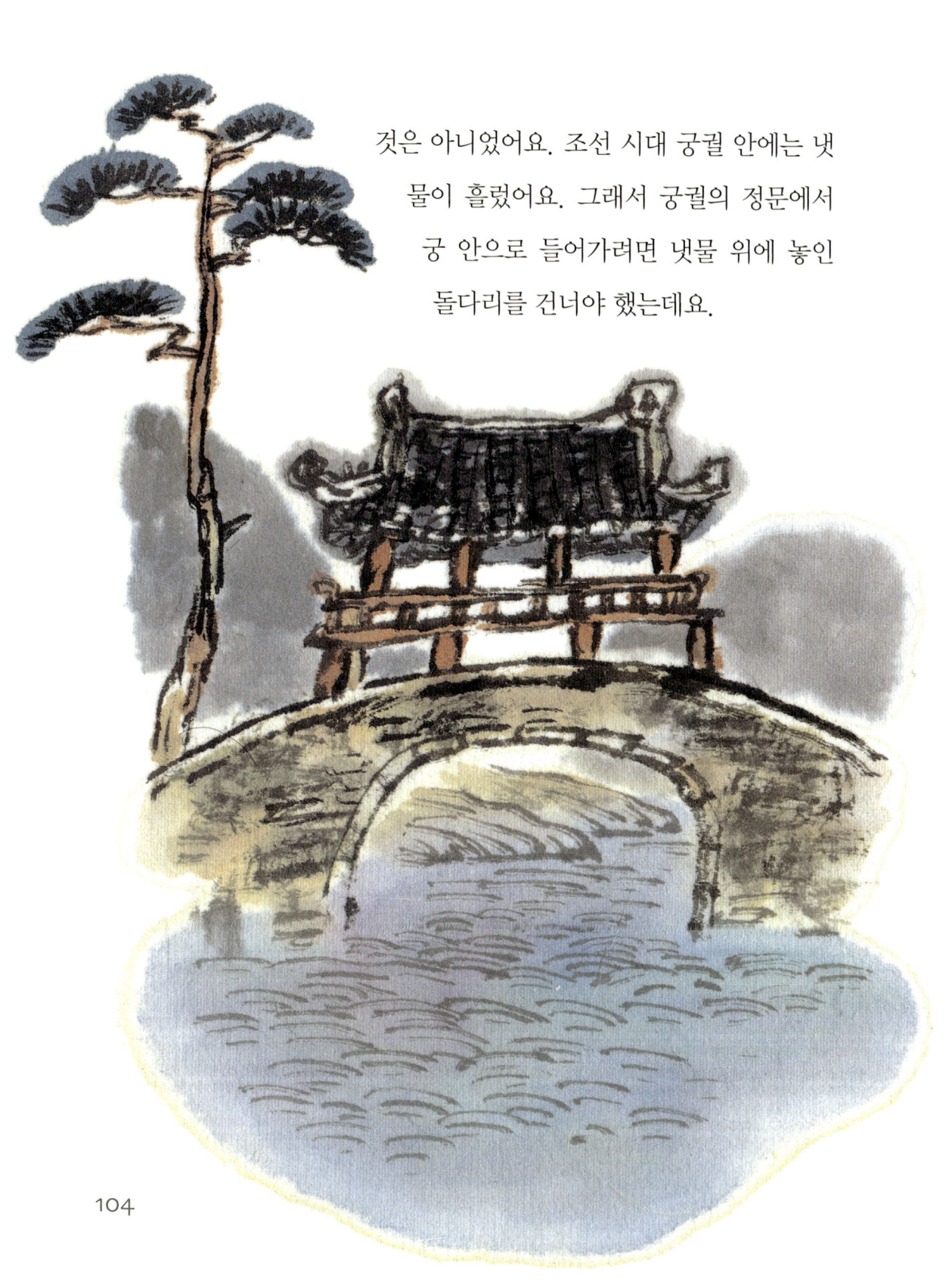

궁궐로 들어가는 사람들은 대부분 나랏일을 의논하러 가는 대신들이었어요. 나랏일을 잘 의논하려면 옳고 바른 마음이 필요하겠지요? 그래서 유유히 흐르는 물 위에 놓인 다리를 건너면서 나쁜 마음을 다 씻어 버리고 옳은 마음을 가지라는 뜻도 담겨 있었어요.

또한 불교에서는 사람들이 사는 세계에서 부처님이 사는 세계로 가려면 큰 강물을 건너야 한다고 해요. 그래서 절 앞의 다리를 건너야만 부처님이 계시는 절로 들어갈 수 있게 했어요.

궁궐이나 절에서 볼 수 있는 다리에는 대개 기둥이 없어요. 기둥을 세우지 않고 무지개 모양으로 둥글게 쌓아 올렸지요. 그래서 이런 다리를 '구름다리'라고 해요. 궁궐의 다리에는 화려한 조각과 장식을 했어요. 이런 장식은 궁궐의 위엄을 높이기 위한 것이며, 한편으로는 재앙을 쫓기 위한 것이었어요.

이런 구름다리 말고 주변의 경치를 감상하기 위해 만든 다리도 있어요. 다리 가운데 집 모양의 건물을 지어 그 안에 앉아서 주변의 경치를 감상하는 거예요. 이런 다리를 '누다리'라고 해요.

이처럼 우리 조상들은 다리 하나에도 아름다운 멋과 깊은 뜻을 불어넣을 줄 알았어요. 그것은 주위의 모든 것을 소중히 여기고 멋을 사랑하는 조상들의 넉넉한 마음에서 비롯된 것이겠지요.

물 높이를 재던 다리, 수표고

수표교는 조선 시대의 가장 대표적인 다리 가운데 하나예요. 서울 장충단 공원 입구에 흐르는 개울 위에 놓여 있지요. 그런데 수표교는 원래 이곳에 있었던 것이 아니에요.

조선 시대 청계천에는 일곱 개의 다리가 있었는데요. 그 가운데 하나가 수표교였어요. 강물 높이를 쟀던 수표석이 다리 옆에 있었기 때문에 수표교라는 이름이 붙여졌지요. 임금님은 수표교 앞 개천 가운데에 돌기둥을 세워 눈금을 긋고 물의 높이를 재도록 했어요. 이 돌기둥이 '수표석'이에요.

1959년 청계천에 뚜껑을 덮으면서 수표교는 지금의 자리로 옮겨졌어요.

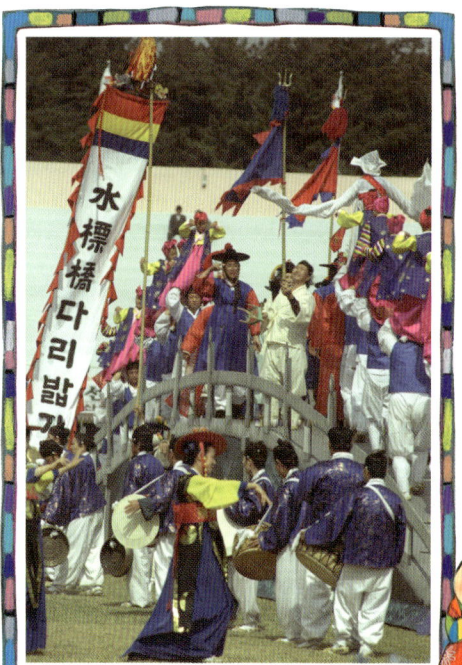

전국 민속 예술 경연대회에서 서울의 수표교 다리밟기를 공연하는 모습이에요.

그리고 물 높이를 재던 수표석은 보물 제838호로 홍릉에 있는 세종대왕 기념 사업관에 설치되어 있어요.

이처럼 수표교는 다리로만 사용된 것이 아니라 물 높이를 재는 과학적인 기구로도 사용되었어요. 이는 세계 최초의 것으로 역사적인 가치를 지니고 있지요.

수표교와 함께 조선 시대의 대표적인 다리는 성동구 왕십리에 있는 '살곶이 다리'예요. 살곶이 다리는 세종 임금의 명령에 따라 놓기 시작한 다리예요. 그런데 강 넓이가 너무 넓고 홍수가 나서 공사를 중지한 적도 있었지요. 이 다리는 73년 뒤인 성종 임금 때 겨우 완성되었어요. 현재 우리가 보면 살곶이 다리는 나지막하고 난간도 없어 초라하게 느껴질지도 몰라요. 그렇지만 조선 시대의 가장 긴 다리였답니다.

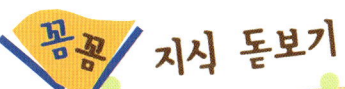 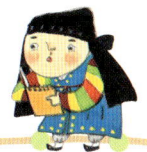

꼼꼼 지식 돋보기

정월 대보름이 다가오면 수표교를 중심으로 청계천 위아래에서 연날리기를 구경하는 사람들이 쭉 늘어서 있었지요. 또한 정월 대보름날에는 수표교에서 밤을 새워 다리밟기놀이를 했어요. 수표교는 1959년의 청계천 복개공사 때 철거되었으나, 2003년 6월 청계천 복원 공사를 하면서 청계천 위에 원래의 것을 본떠 새로운 수표교를 세웠답니다.

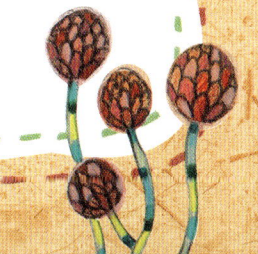

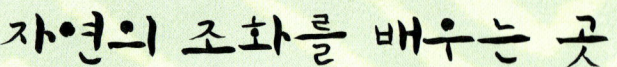

자연의 조화를 배우는 곳

정원

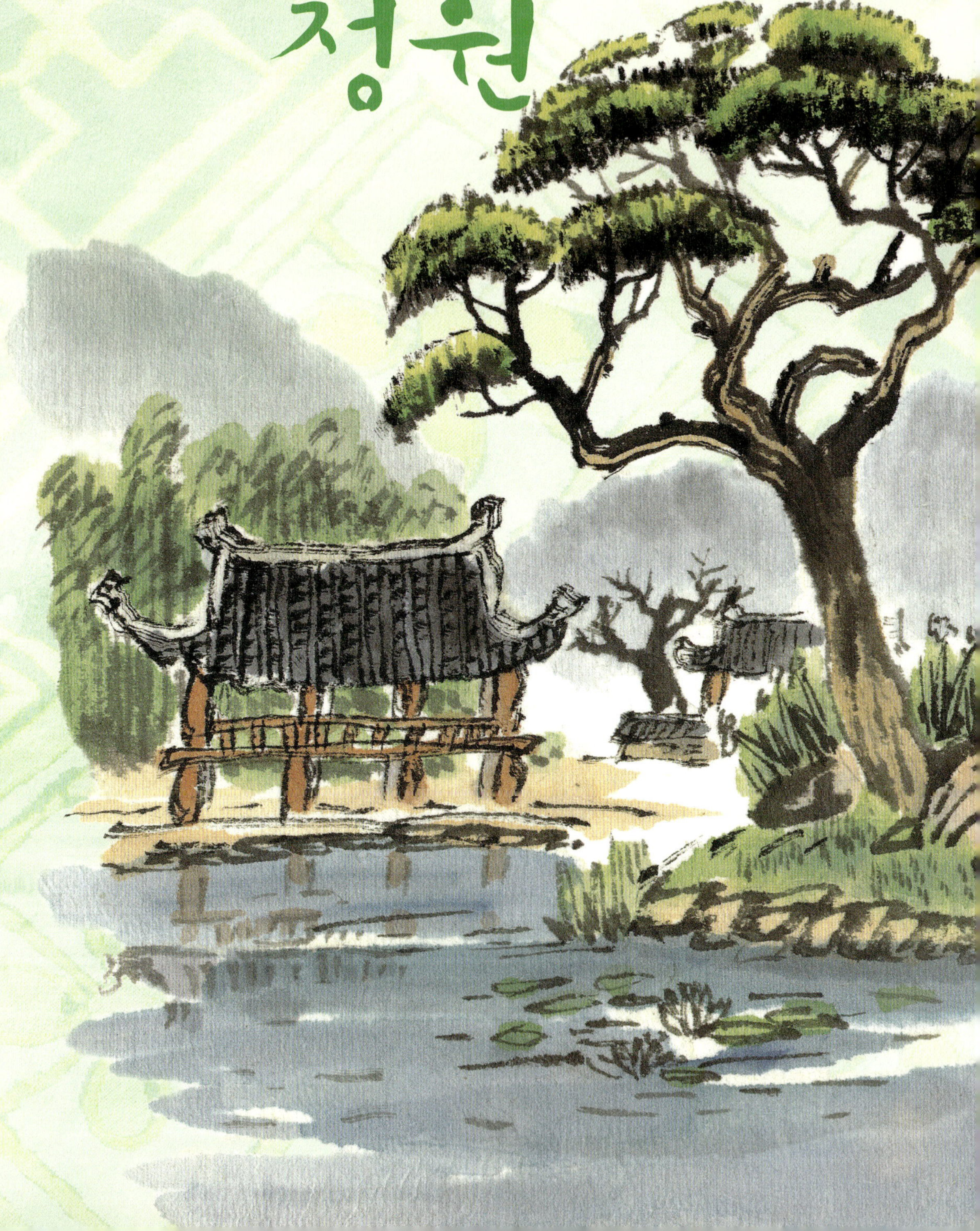

"얏, 이얍! 덤벼라!"

장난꾸러기 재동이는 굵은 나뭇가지를 가지고 전쟁놀이를 하고 있었어요. 그 모양을 보고 돌쇠 아범이 물었어요.

"도련님, 그 나뭇가지 어디서 난 거예요?"

"저기 담장 옆에 있는 나무에서 꺾었지."

"어이쿠, 도련님, 하필이면 왜 그 나무를……."

돌쇠 아범은 크게 걱정을 하며 재동이에게 그 나무에 대해 얘기해 줬어요. 그 나무는 재동이의 누나인 재희가 태어났을 때 아버지가 손수 심은 것이었어요. 옛날에는 딸을 낳으면 마당가에 참가죽나무나 오동나무를 심었어요. 딸이 자라 시집을 가게 되면 그 나무를 베어 농을 짜 주기 위한 것이었지요.

"나는 모르는 일이야. 알았지?"

재동이는 아무에게도 얘기하지 말라고 돌쇠 아범에게 단단히 일렀어요.

그런데 며칠 뒤였어요.

"도련님, 대감마님께서 찾으십니다."

'혹시 아버지께서 그 일을 알고 꾸짖으시려는 게 아닐까? 설마……아닐 거야.'

재동이는 은근히 걱정을 하며 사랑채로 갔어요. '사랑채'는 아버지가 지내시는 곳이었어요. 나중에 재동이도 좀 더 크면 아버지가 머무는 사랑채에서 지낼 거라고 어머니가 얘기해 주었어요.

"아버님, 부르셨어요?"

"그래, 들어오너라."

재동이는 조심스럽게 아버지 앞에 앉았어요. 그런데 아버지는 아무 말씀도 하지 않고 후원만 내다보셨어요. '후원'은 집 뒤쪽에 꾸며 놓은 정원을 말해요. 후원에는 여러 가지 꽃과 나무들이 심어져 있었어요.

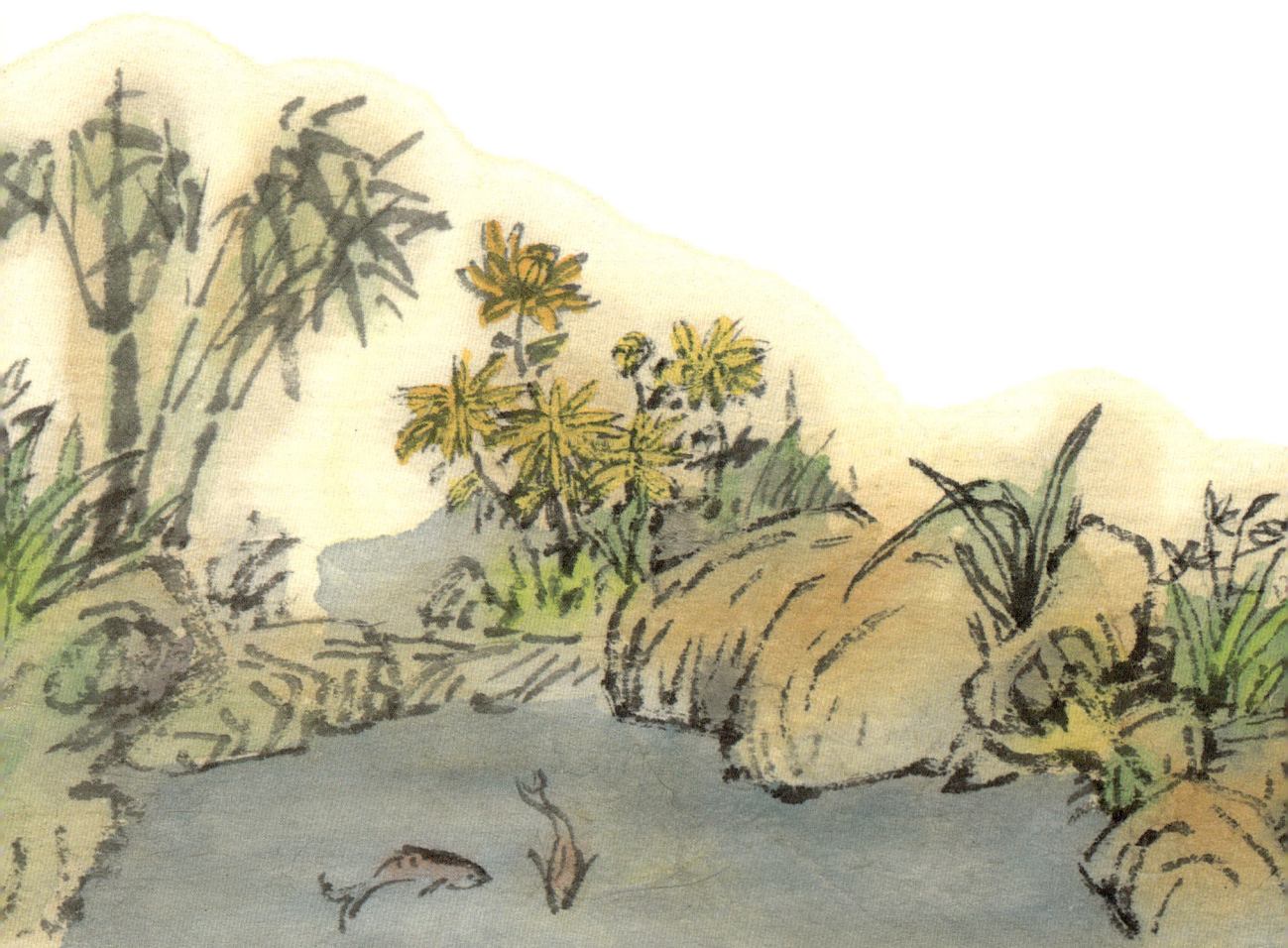

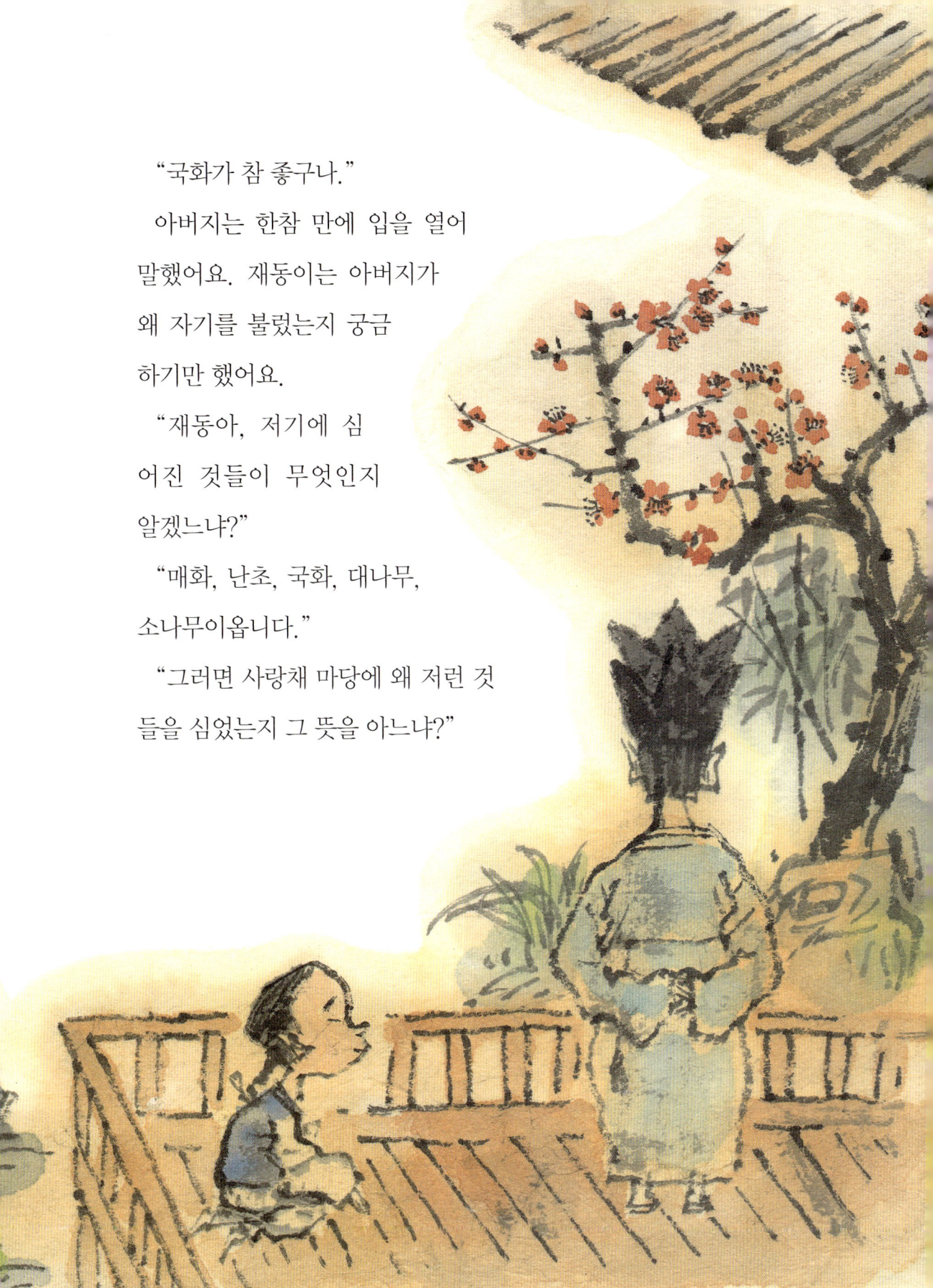

"국화가 참 좋구나."
 아버지는 한참 만에 입을 열어
말했어요. 재동이는 아버지가
왜 자기를 불렀는지 궁금
하기만 했어요.
 "재동아, 저기에 심
어진 것들이 무엇인지
알겠느냐?"
 "매화, 난초, 국화, 대나무,
소나무이옵니다."
 "그러면 사랑채 마당에 왜 저런 것
들을 심었는지 그 뜻을 아느냐?"

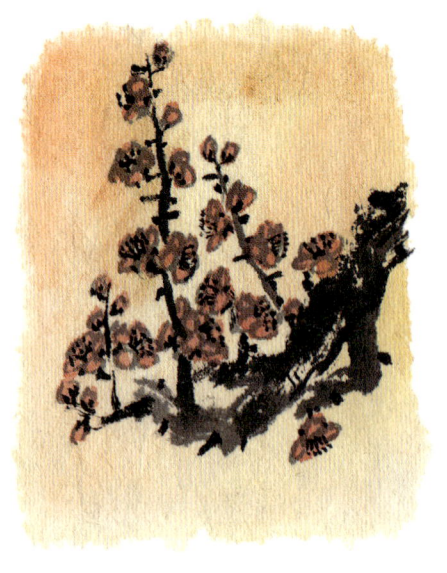

"잘 모르겠는데요."

"매화, 난초, 국화, 대나무를 가리켜 '사군자'라고 하느니라. '군자'란 학식과 덕이 높은 사람을 일컫는 말이야. 사내 대장부란 모름지기 군자가 되어야 하느니라. 그래서 사내들이 생활하는 사랑채에 저것들을 심은 거야. 사람은 누구나 실수를 할 수 있는 법이다. 그러나 그 실수를 감추고 반성하지 않는 것은 군자로서 할 일이 아니다. 내 말이 무슨 뜻인지 알겠느냐?"

아버지는 재동이가 나뭇가지를 꺾은 사실을 이미 알고 있었던 거예요.

"잘못했습니다, 아버님. 잘못을 말씀드리고 용서를 빌었어야 했는데……."

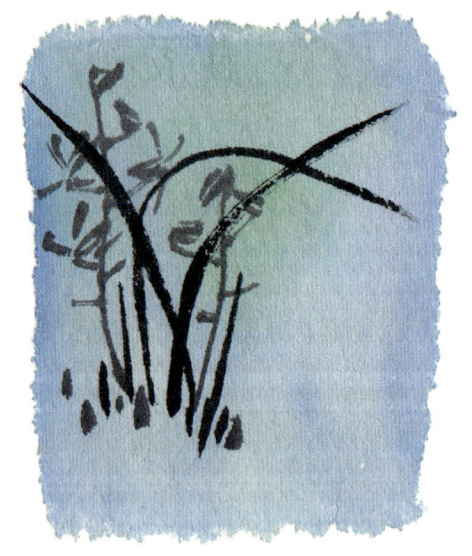

"네가 잘못을 깨달았으니 됐

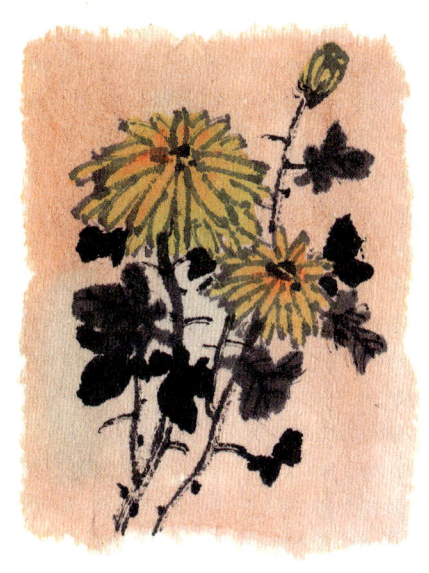

다. 자, 그럼 밖에 나가 바람이나 쐬자꾸나."

재동이는 아버지와 함께 후원으로 나갔어요. 그리고 천천히 걸어 대나무 숲으로 들어섰어요.

재동이는 시원하게 뻗어 올라간 대나무들을 바라보았어요. 조금도 구부러지지 않고 곧게 자란 대나무들을 보니, 재동이는 왜 대나무를 군자라고 했는지 알 수 있을 것 같았어요.

이처럼 우리 조상들은 집 안에 정원을 두고 자연 속에서 무언가를 배우려고 했어요. 그런데 정원은 어느 한 곳에 따로 크게 꾸며 놓은 것이 아니었어요.

옛날 양반들이 살던 집은 여러 채의 건물로 이루어져 있었어요. 대문 옆에는 하인들이 생활하는

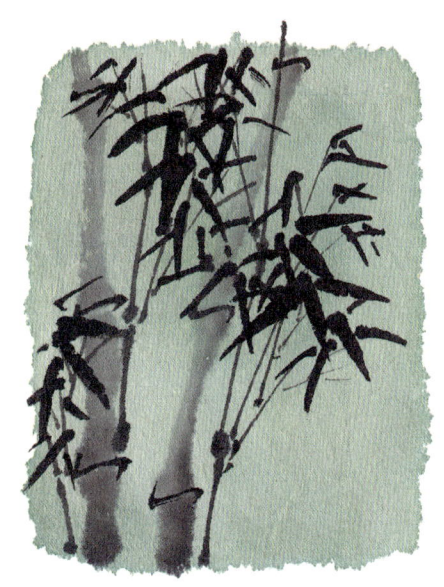

행랑채가 있고, 옆으로는 남자 주인이 생활하는 사랑채가 있었어요. 그리고 대문에서 가장 안쪽에는 여자들이 생활하는 안채가 있었어요. 이 건물들 사이에는 담을 둘러 놓았지요.

이 건물들 앞에는 모두 마당이 있었어요. 그 가운데 행랑채가 있는 대문 앞의 마당이 가장 컸어요. 이곳에서는 농사에 필요한 일을 하거나 곡식을 말렸기 때문이에요. 안채 마당에서는 길쌈을 하고 음식 준비를 하기도 했어요. 사랑채 마당은 주로 손님을 맞거나, 가마나 말을 타는 장소로 쓰였어요. 때로는 이곳에서 혼례식이나 잔치 등을 열기도 했지요. 그래서 마당 가운데에는 아무것도 심지 않았어요.

그 대신 '후원'이라고 하여 집 뒤편에 정원을 만들고 이곳에 여러 가지 나무들을 심고 연못을 꾸몄어요. 마당이 주로 일을 하기 위한 곳이라면 후원은 쉬기 위한 곳이었거든요.

특히 양반들의 사랑채 후원에는 매화, 난초, 국화, 소나무 등을 많이 심었어요. 그리고 그 뒤쪽으로는 과일나무들을 심거나 대나무 숲을 가꾸었어요.

일반 백성들의 집에는 후원이 따로 없었어요. 마당가에는 텃밭을 두고, 울타리 곁에는 키 작은 꽃나무나 오동나무 같은 것을 몇

그루 심었어요. 그리고 집 뒤나 주변에 감나무·대추나무·밤나무·앵두나무 같은 과일나무를 심었어요.

그런데 정원이 집 안에만 있었던 것은 아니에요. 궁궐, 절, 묘지, 학교 등 어디에나 정원을 두었어요. 그리고 모든 마을에서는 큰 나무를 가꾸어 마을 사람들이 모여 앉아 쉴 수 있도록 했어요. 이런 나무를 '정자나무'라고 해요.

그런데 옛날 정원은 지금 우리가 흔히 보는 정원의 모습과는 조금 달라요. 요즘의 정원은 서양이나 일본의 것을 흉내 낸 것이 대

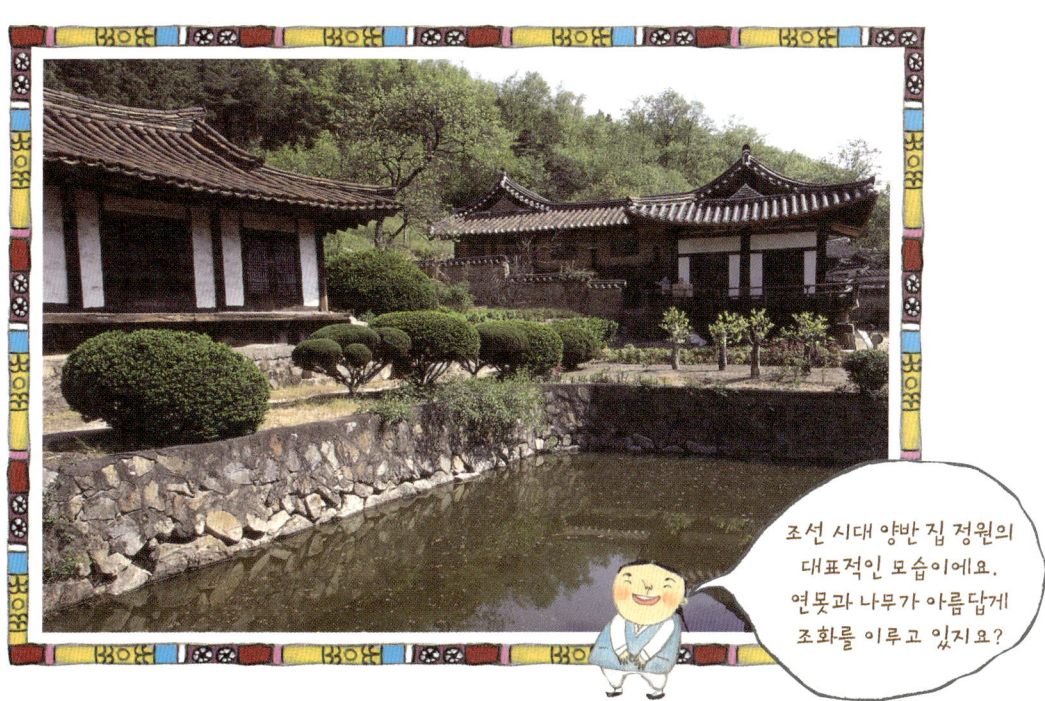

조선 시대 양반 집 정원의 대표적인 모습이에요. 연못과 나무가 아름답게 조화를 이루고 있지요?

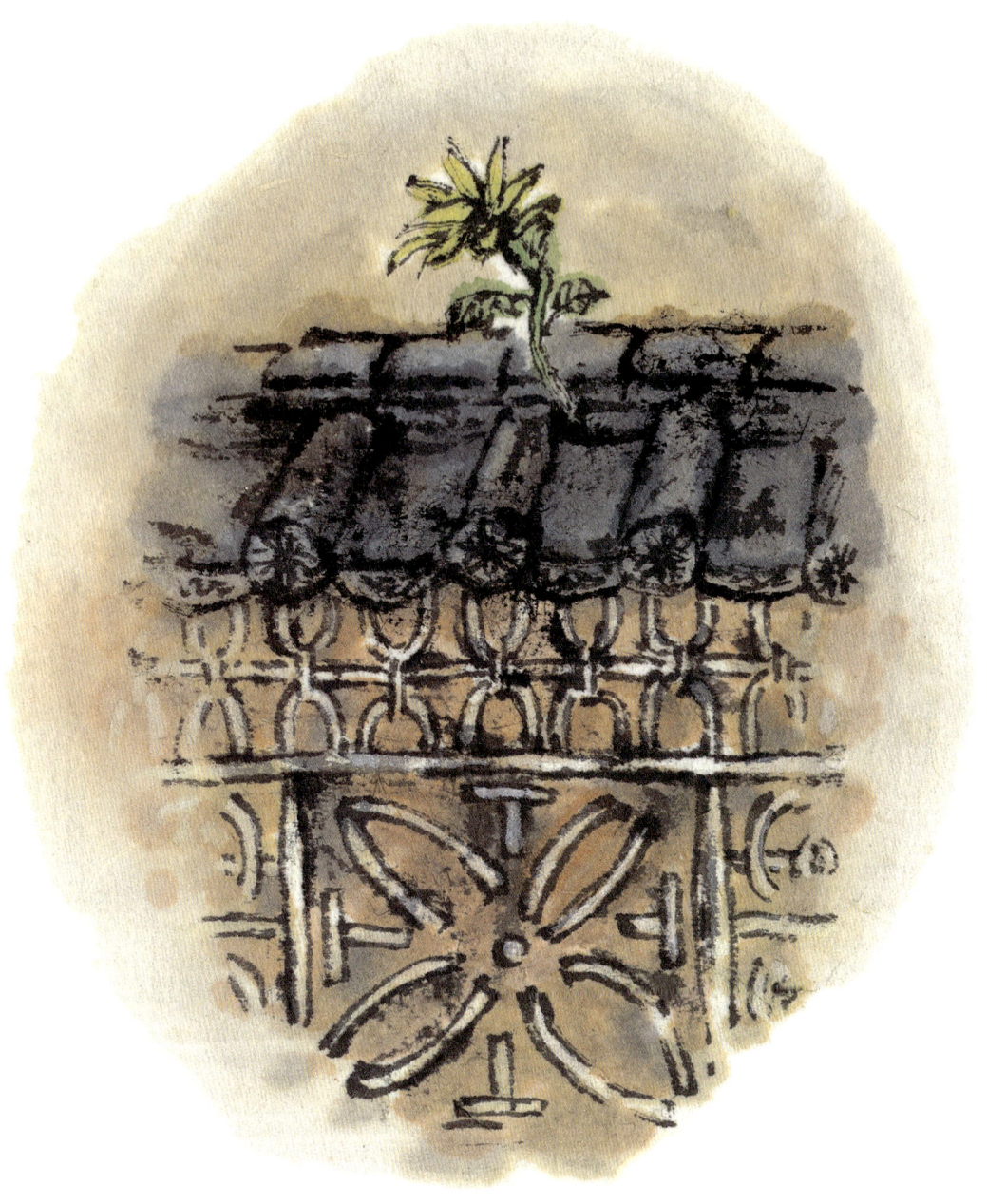

부분이에요. 일부러 모양을 만들고 여러 가지 시설을 꾸며 놓지요.

하지만 옛날 조상들은 자연의 모습을 그대로 따라서 정원을 만들었어요. 정원을 만들 때는 땅의 원래 모양을 바꾸지 않았어요. 거기에다 그 땅에서 가장 잘 자라는 나무를 심었어요. 또 연못을 파고 작은 폭포는 만들었지만 물을 쏘아 올리는 분수는 만들지 않았어요. 그것은 하늘의 뜻에 어긋나는 것이라 여겼어요. 물은 흐르고, 고이고, 넘칠 수는 있지만 하늘로 치솟지는 않으니까요.

담을 쌓을 때도 자연과 어울리도록 쌓았어요. 꽃 그림을 그려 넣은 꽃담, 벽돌담, 작은 돌로 쌓은 담, 흙담 등 모든 것은 주변의 건물이나 경치와 조화를 이루도록 했어요.

우리의 옛 정원은 너무 화려해서 사람을 기죽게 하거나 불편하게 하는 법이 없었어요. 혼자서만 돋보이려 하지 않고 주위의 건물이나 환경과 잘 어울렸어요. 그러면서 사람들에게 자연의 아름다움을 느낄 수 있게 해 주었어요.

우리 조상들은 이런 정원을 가까이 두고, 그 안에서 자연이 주는 조화로움을 배웠던 거예요.

왕이 놀던 정원, 비원

비원은 조선 시대 궁궐인 창덕궁의 후원이에요. 태종 5년에 창덕궁을 세우고, 그 이듬해 후원을 만들었어요. 이 후원은 '북원', '금원'이라고도 불렸어요. '비원'이라는 이름은 1904년부터 쓰였지요.

모든 궁궐에는 왕이 휴식을 취했던 후원이 있어요. 그 가운데 비원은 가장 아름답고 대표적인 정원으로 꼽히지요. 비원은 북악산을 뒤로 하고 앞쪽에 많은 정자와 연못을 두었어요. 또 곳곳에는 차고 맑은 샘물이 솟아나고 있어요. 이 샘물은 몇 군데 연못으로 흐르고 다시 넘쳐 흘러서 창경궁에 있는 연못에 들렀다가 궁궐을 흘러 나가도록 만들어 놓았어요.

연못에는 연꽃을 심고 물고기를 길렀어요. '부용지'와 '애련지'라고 하는

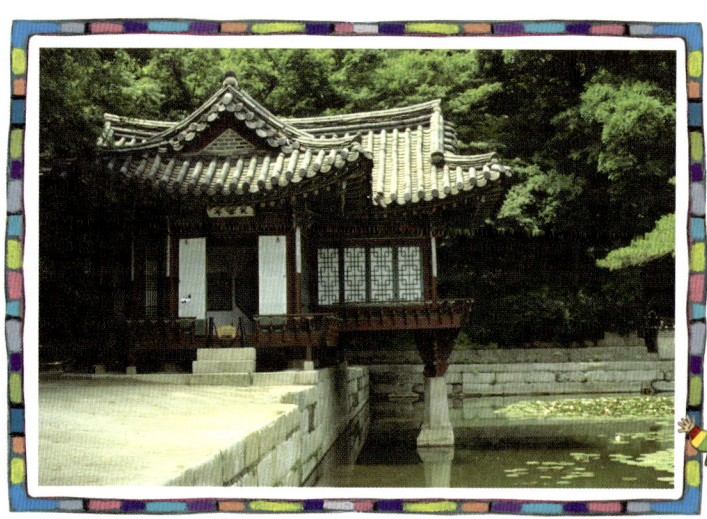

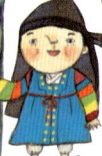
부용지에 세워져 있는 부용정의 모습이에요.

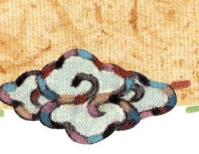

비원에 가면 우리나라의 땅 모양을 본떠 만든 반도지를 볼 수 있어요.

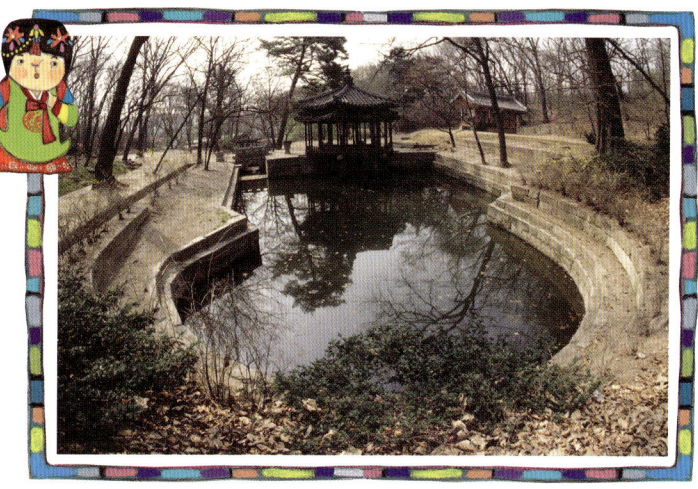

연못에는 화려한 놀잇배도 띄우고 낚시질도 했다고 해요. 지금까지 남아 있는 연못으로는 부용지, 애련지, 장방지, 반월지 같은 것들이 있어요.

비원에 있는 나무들은 일부러 가꾸거나, 가지를 자른 적이 없어요. 또, 꽃밭 같은 것을 따로 만들지도 않았어요. 자연이 주는 모습 그대로를 간직하도록 했지요. 비원에 가면 누구나 그 아름다운 모습에 감탄하지 않을 수 없어요. 비원은 우리나라 정원의 특징을 잘 보여 주는 대표적인 곳이랍니다.

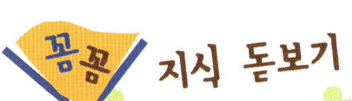 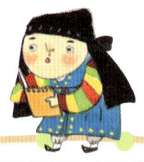

꼼꼼 지식 돋보기

창덕궁은 조선 시대 궁궐 중 하나예요. 경복궁의 동쪽에 위치해 있어서 창경궁과 더불어 동궐이라고 불렀지요. 창덕궁은 산자락을 따라 건물들이 골짜기에 안기도록 배치하였어요. 이런 점을 높게 평가받아 1997년에 유네스코 세계 문화유산으로 등록되었답니다.

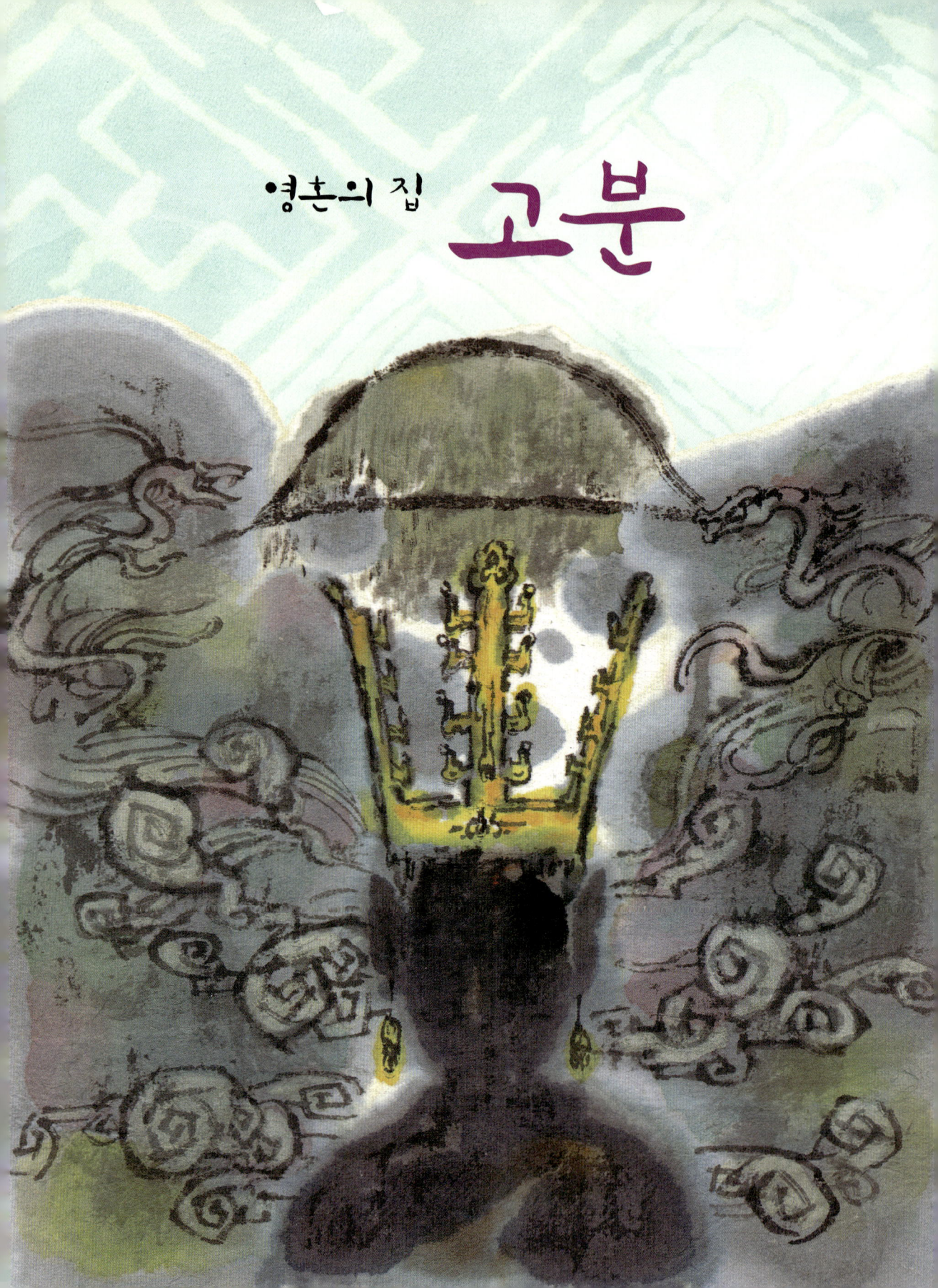

영혼의 집 고분

신라 시대에 어떤 사람이 금으로 만든 자를 왕에게 바쳤어요. 그런데 그 금자에는 신비한 힘이 들어 있었어요. 그것으로 한 번 재기만 하면 죽은 사람도 다시 살아나고, 어떤 병이라도 깨끗이 나았어요. 왕은 이 금자를 나라의 보물로 삼아 깊은 곳에 감추어 두었어요.

그런데 얼마 뒤 이 소문이 당나라에 전해지게 되었어요. 당나라에서는 사신을 보내어 그 금자를 달라고 했어요. 하지만 왕은 귀한 금자를 순순히 내줄 수가 없었어요.

왕은 고민 끝에 신하에게 큰 무덤을 파고 그 속에 금자를 묻으라고 했어요. 그리고 주변에도 무덤들을 많이 만들어 어느 곳에 금자를 묻었는지 알 수 없게 했어요.

당나라 사신은 금자가 묻혀 있는 무덤을 찾기 시작했어요. 하지만 무덤이 너무 많아 어디에 금자가 있는지 찾을 수가 없었어요. 그 크고 많은 무덤들을 모두 파 볼 수는 없었으니까요. 결국 당나라 사신은 금자를 포기하고 자기 나라로 돌아가 버렸어요.

이렇게 해서 그 금자를 당나라에 빼앗기지 않았지만, 나중에는 어느 곳에 금자를 묻었는지 아무도 모르게 되었다고 해요.

"그래서 38개의 크고 작은 무덤들이 이렇게 한 곳에 모여 있게 되었다고 전해진단다."

선생님은 '금척리 고분군'에 전해 내려오는 얘기를 해 주었어요.

"그렇게 신기한 힘을 가진 금자가 묻혀 있단 말야?"

"우리가 가서 그 금자를 찾자."

호기심 많은 석이와 철이는 당장이라도 금자를 찾으러 떠날 기세였어요.

"이 녀석들아, 당나라 사신도 못 찾은 것을 너희들이 어떻게 찾겠다는 거야? 선생님이 더 신기한 것을 보여 줄 테니 금자를 찾는 건 포기해라."

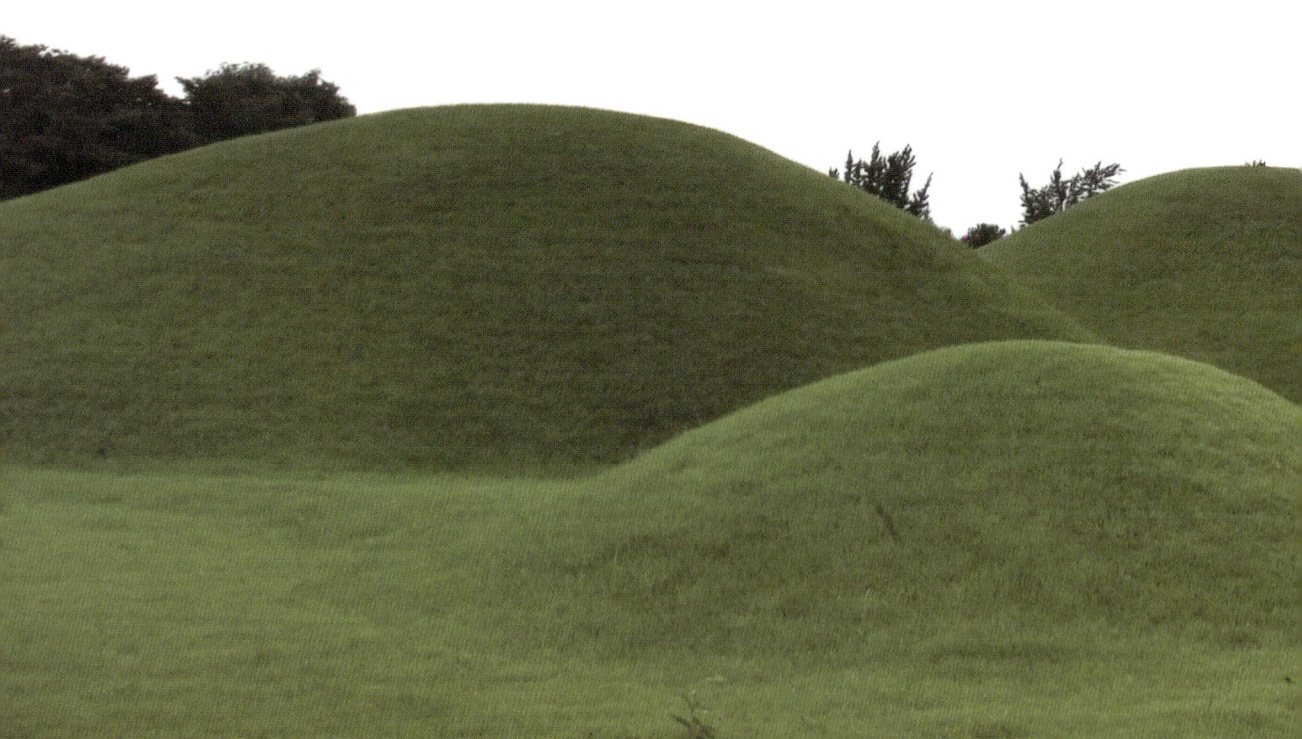

"더 신기한 거요?"

"그래. 옛날 사람들이 무덤에 어떻게 묻혀 있는지 선생님이 보여 줄게."

선생님은 아이들을 데리고 무덤들이 모여 있는 곳으로 갔어요.

"우와, 이게 정말 무덤이란 말예요?"

"무덤이 꼭 산처럼 생겼어요. 이런 무덤에는 누가 묻혀 있는 거예요?"

아이들은 산처럼 생긴 무덤을 보고 깜짝 놀랐어요.

"옛날 왕이나 왕비, 귀족들이 묻혀 있지. 이처럼 아주 오래된 무덤을 고분이라고 하는 거야."

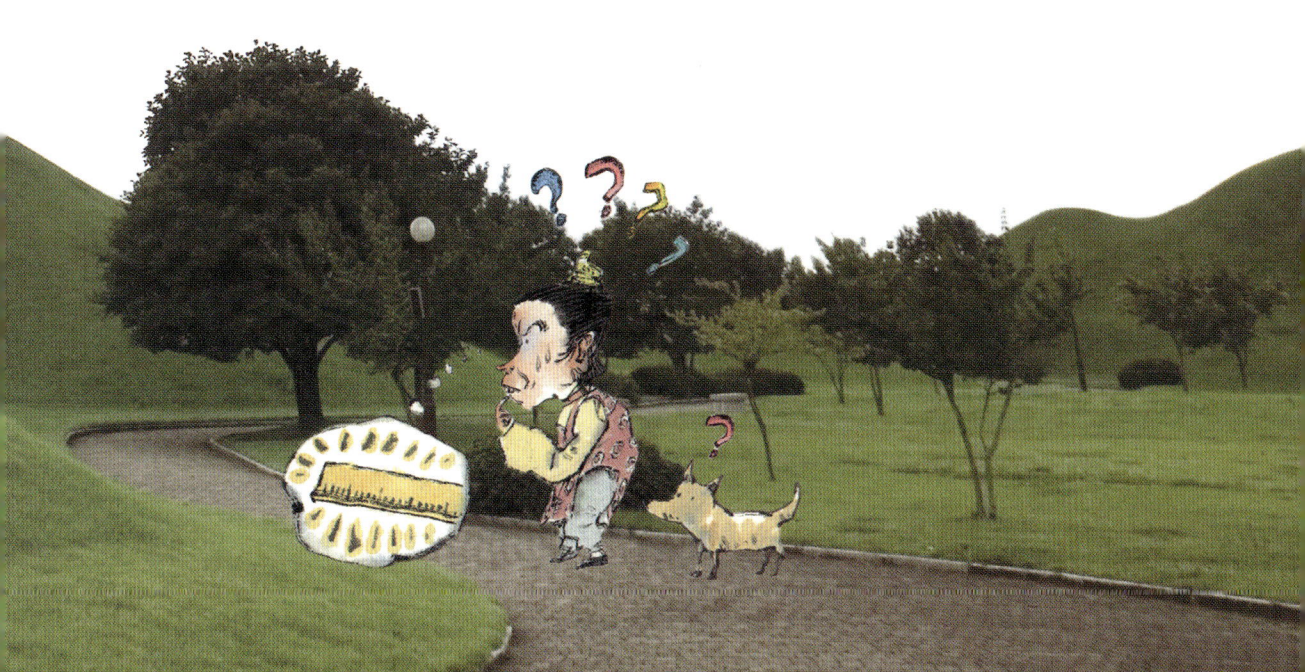

'고분'은 고구려, 백제, 신라의 삼국 시대부터 고려 시대 이전까지의 무덤을 말하며 넓게는 우리 조상이 묻힌 무덤을 뜻해요. 고분은 무덤의 크기가 크고, 그 안에는 죽은 사람이 쓰던 귀중한 물건들이 들어 있어요. 그런데 그 당시 백성들의 무덤은 작고 튼튼하지 못했기 때문에 지금까지 남아 있는 것이 없어요.

"자, 그럼 안으로 들어가 보자."

"무덤 안에 들어가려니까 기분이 좀 으스스해요. 설마 귀신이 나오는 건 아니겠죠?"

아이들은 약간 겁먹은 얼굴을 하고 무덤 안으로 들어섰어요. 그곳에는 안쪽으로 이어지는 길이 나 있었어요.

"밀지 마! 앞에 뭐가 있는 것 같아."

조금 걸어가자 아늑한 방처럼 보이는 곳이 나왔어요. 거기는 죽은 사람을 놓아두는 곳이었어요.

"저기 봐. 저기 가운데에 큰 상자 같은 게 있어. 시체가 있던 곳인가 봐."

석이가 놀라 소리쳤어요. 방 한가운데에는 흙으로 약간 높게 쌓은 받침대 위에 큰 나무 상자 같은 것이 있었어요.

"음, 그건 곽이라고 한단다. 사람이 죽으면 먼저 나무로 만든 상자 안에 넣었어. 그것을 '관'이라고 해. 그 관은 또다시 더 큰 나무 상자에 넣었지. 그게 바로 저 '곽'이야."

곽 위와 주위에는 돌을 쌓아 벽과 천장을 만들었어요. 그런 다음 물이 안쪽으로 스며들지 못하도록 흙을 두껍게 발랐지요. 옛사람들은 이처럼 방을 만들듯이 자리를 마련해서 죽은 사람을 모셨어

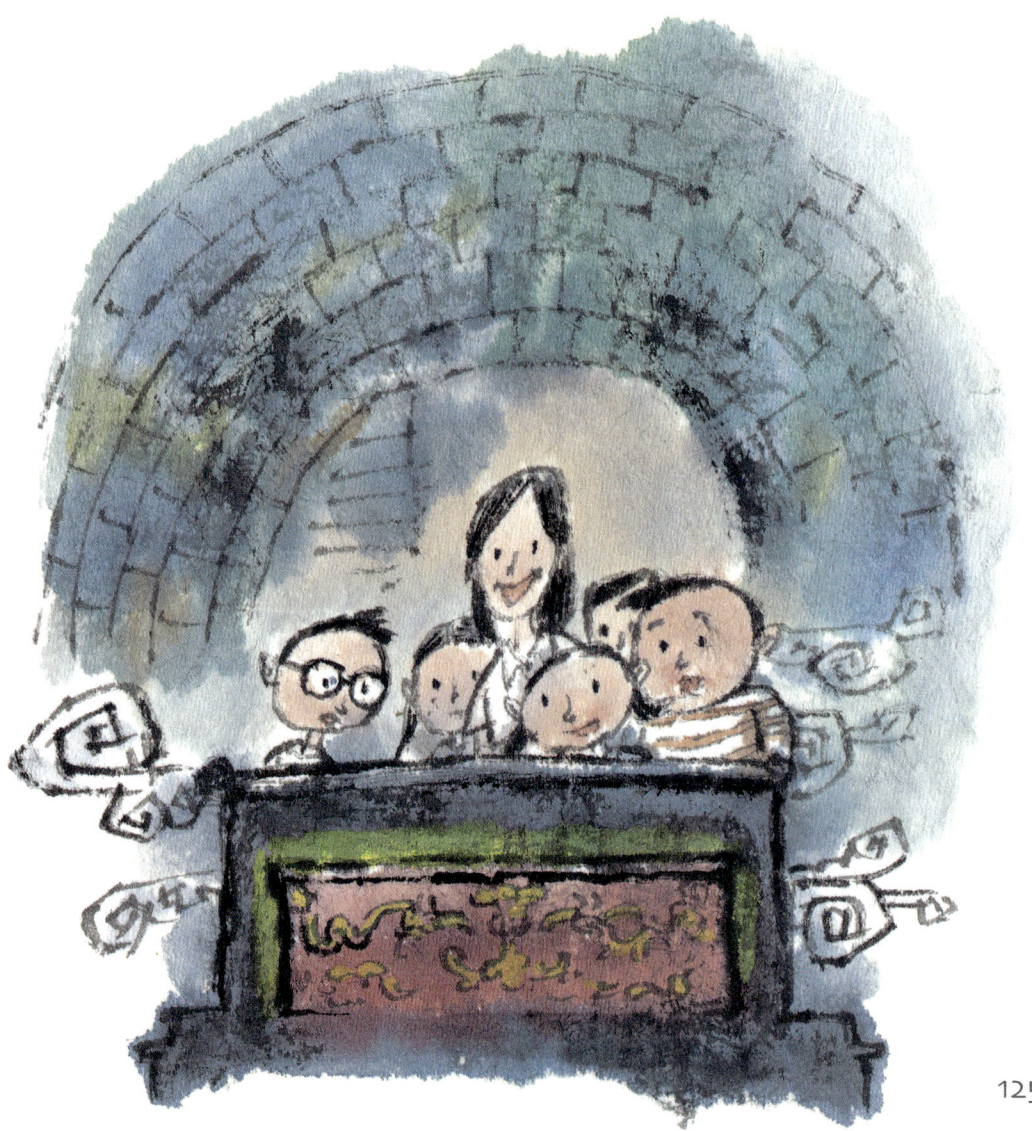

요. 이렇게 만들어진 고분을 '돌무지덧널무덤'이라고 해요. 고분은 만든 방법에 따라 크게 돌로 쌓는 돌무지무덤, 나무 관을 묻는 널무덤, 큰 독에 시체를 넣어 묻는 독무덤, 벽돌로 방을 만든 다음 흙을 덮는 벽돌무덤 등으로 나눌 수 있어요.

"선생님, 빨리 와 보세요. 여기 금관이 있어요!"

앞쪽에서 한 아이가 큰 소리로 선생님을 불렀어요. 이 말에 아이들은 우르르 그쪽으로 몰려갔어요. 그곳에는 금관, 금팔찌 같은 것들이 있었어요.

"이건 죽은 사람이 하고 있었던 장식품들이야. 모두 순금으로

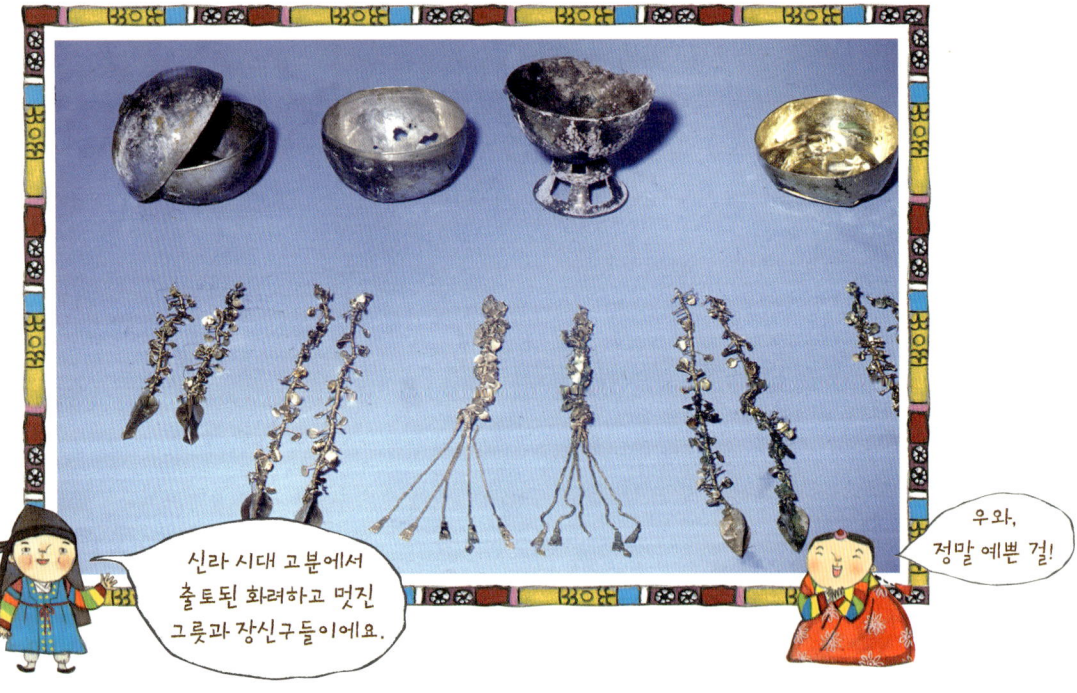

신라 시대 고분에서 출토된 화려하고 멋진 그릇과 장신구들이에요.

우와, 정말 예쁜 걸!

만들어진 것들이지. 옛사람들은 죽은 사람에게 가장 좋은 옷을 입히고, 화려한 장신구로 꾸며 줬어."

이처럼 옛날 우리나라 사람들은 죽은 사람을 온갖 장신구로 꾸며 관 안에 넣었어요. 그리고 관 옆에는 죽은 사람이 쓰던 물건도 함께 넣었어요. 그래서 후손들은 고분에서 나온 물건들을 보고 그 사람이 살았던 때의 생활 모습과 문화를 알 수 있는 거예요. 그러고 보니 고분은 그 시대의 문화가 고스란히 보관되어 있는 타임캡슐인 셈이네요.

"옛날 사람들은 왜 무덤 안을 방처럼 꾸미고 죽은 사람을 화려하게 꾸민 거예요?"

"우리 조상들은 죽은 뒤에 가서 사는 세상이 있다고 믿었어. 사람에게는 영혼이라는 것이 있어서 이 영혼은 영원히 산다고 여긴 거야."

"그러니까 고분은 영혼이 사는 집이네요?"

"맞았어. 그래서 무덤 안을 마치 그 사람이 살았던 집처럼 여러 가지 모양으로 꾸미고 장식도 한 거지. 어떤 고분에는 벽과 천장에 그림도 그려져 있어. 이런 것을 '고분 벽화'라고 해."

선생님은 아이들에게 고분 벽화에 대해 설명해 주었어요.

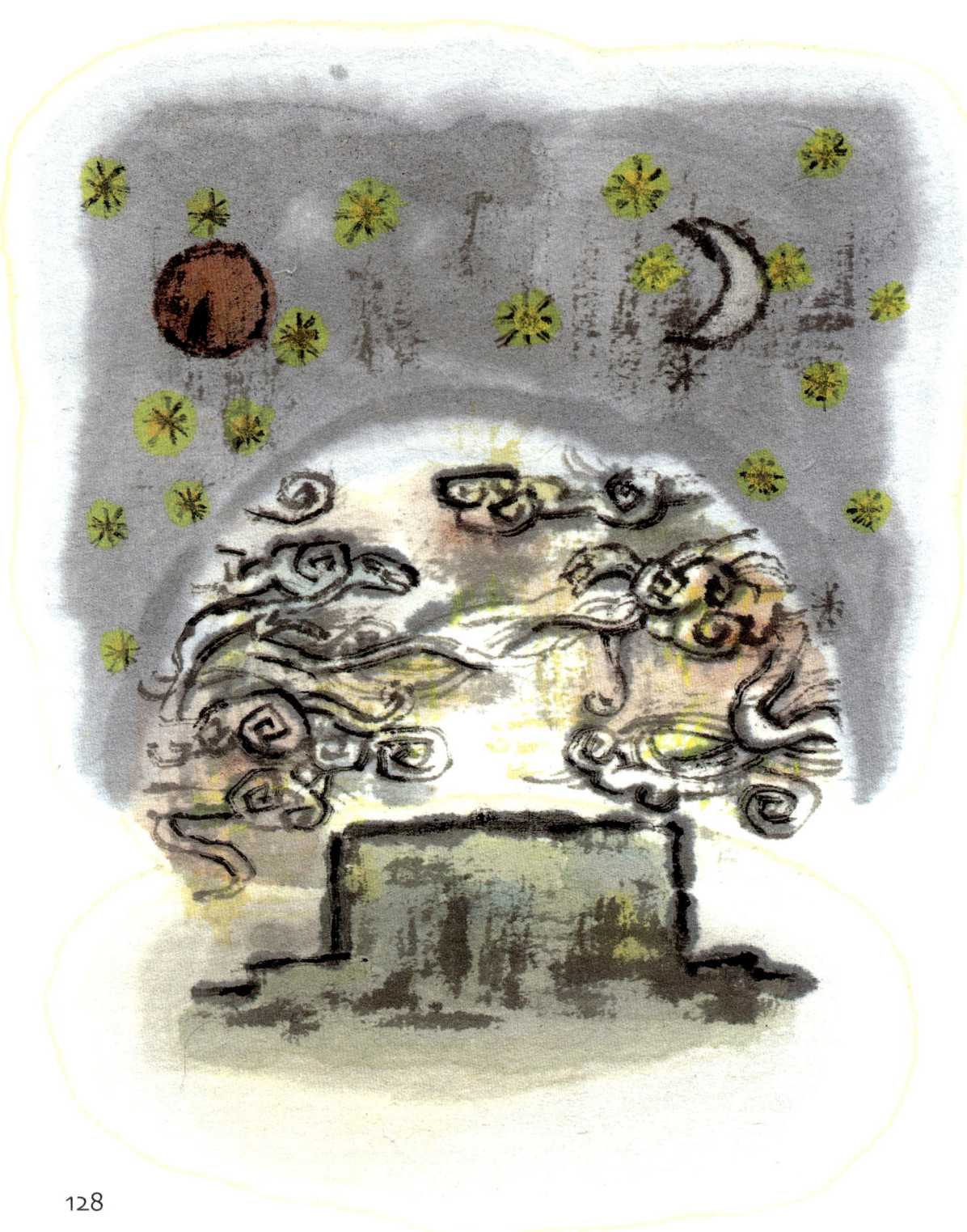

128

벽화에는 주로 무덤의 주인공이 생활하는 모습을 많이 그렸어요. 주인공을 그리고, 기둥과 창문도 그려 넣었어요. 마치 주인공이 집 안에 있는 것처럼 보이게 한 거예요. 그리고 구름 무늬, 연꽃 무늬 같은 아름다운 무늬도 그려 화려하게 장식했어요.

또 다른 벽에는 행진하는 모습, 사냥하는 모습, 문지기, 시중드는 사람들, 성, 주방, 방앗간, 우물, 마구간 같은 것들을 그렸어요. 그리고 천장에는 해, 달, 별, 구름 등을 그려 하늘을 나타냈어요. 이런 그림들은 모두 주인공의 힘을 자랑하려는 것이었어요.

벽화에는 사신도를 그리기도 했어요. '사신'은 동서남북을 지키는 네 신이에요. 조상들은 이 신들이 영혼을 지켜 주기를 바랐던 거예요.

이처럼 무덤 안을 화려하게 꾸미는 일이나 벽화를 그려 넣는 일, 또 죽은 사람을 화려하게 꾸미고 장신구를 넣는 일들은 모두 죽은 사람의 영혼을 받드는 마음의 표현이에요. 죽어서도 살았을 때와 마찬가지로 편하게 잘 살기를 바라는 것이지요.

그래서 고분은 영원히 살기를 바라는 조상들의 마음이 담긴 영혼의 집이라고 할 수 있어요.

보물이 가득한 무덤, 대릉원

　옛 신라의 도읍지인 경주에 가면 우뚝우뚝 솟아 있는 큰 무덤들을 볼 수 있어요. 모두 신라 시대에 만들어진 무덤들이에요.

　경주 황남동의 대릉원에는 23개의 능이 솟아 있어요. '능'은 왕이나 그 가족의 무덤을 말해요.

　대릉원은 경주 시내 한가운데 있어 찾기가 무척 쉬워요. 큰 나무도 없이 잔디가 넓게 깔려 있는 모습이 마치 동산처럼 보이기도 해요. 대릉원에는 고분이 어떻게 생겼는지 직접 들어가 볼 수 있는 천마총이 있어요. 무덤 안에 하늘로 날아오르는 말이 그려진 그림이 있어 '천마총'이라 불리게 되었어요. 이 그림은 신라 시대의 그림에 대해 공부할 수 있는 귀중한 자료예요.

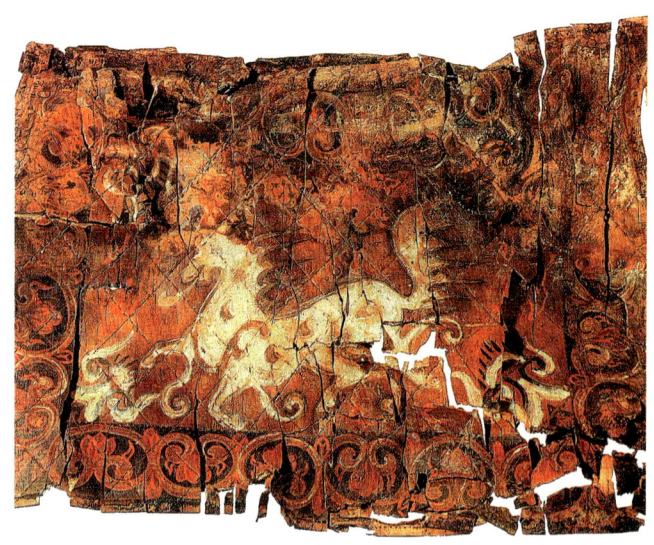

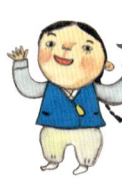

신라 사람들이
상상력을 발휘해
그려 놓은 천마도예요!

또 대릉원 안에는 백성들을 지극히 사랑했다고 전해지는 미추왕의 능도 있어요.

신라 시대에 있었던 일이에요. 어느 날 적이 쳐들어오자, 신라 병사들은 적을 물리치지 못하고 싸움에 지게 되었어요. 그런데 갑자기 어디선가 대나무 잎을 꽂은 병사들이 나타났어요. 이 병사들은 적들을 모두 무찌르더니 금세 사라져 버렸어요. 이를 이상히 여긴 병사들이 대나무 잎을 따라가 보니 미추왕릉 앞에 대나무 잎이 수북이 쌓여 있었다고 해요. 미추왕은 죽어서까지 나라를 구한 거예요.

참, 고분하면 황남대총도 빼놓을 수 없지요. 황남대총은 경주에 있는 고분 가운데 가장 큰 것이거든요. 두 개의 능이 마치 낙타 등처럼 붙어 있는 모습을 하고 있답니다.

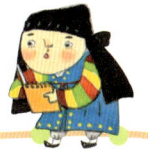

꼼꼼 지식 돋보기

천마도는 천마총에서 나온 보물로, 말의 안장 양쪽에 달아 늘어뜨리는 장니에 그려진 말 그림이에요. 꼬리를 세우고 하늘을 달리는 모습을 하고 있어요. 신라 사람들은 흰색의 천마가 죽은 사람을 하늘 세계로 실어 나르는 역할을 한다고 믿었대요. 신라 그림 중에 현재까지 남아 있는 거의 유일한 작품으로 평가받고 있어요.

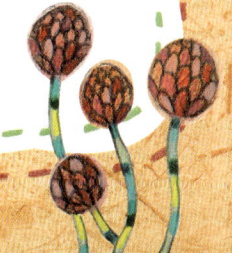

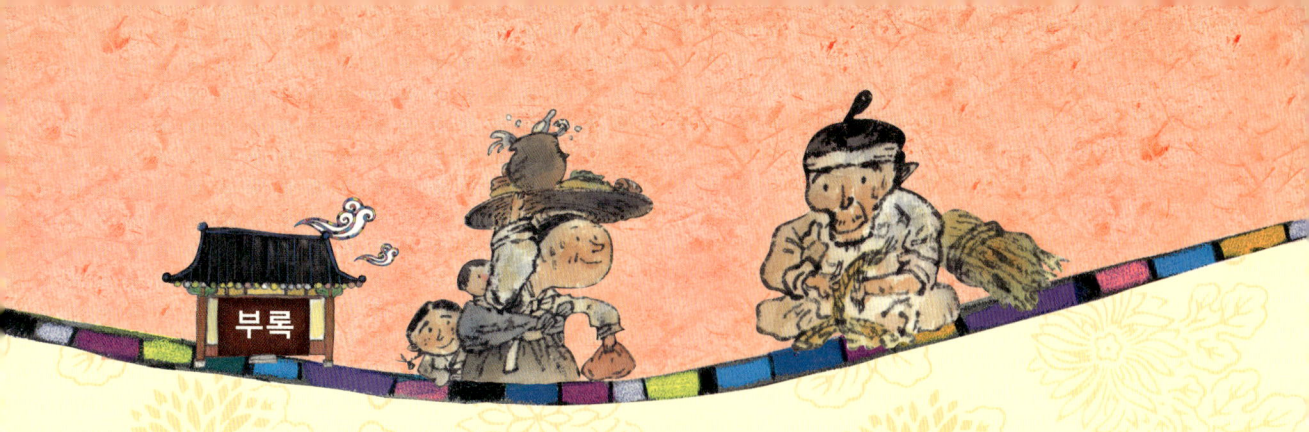

부록

교과가 튼튼해지는
우리 것 우리 얘기

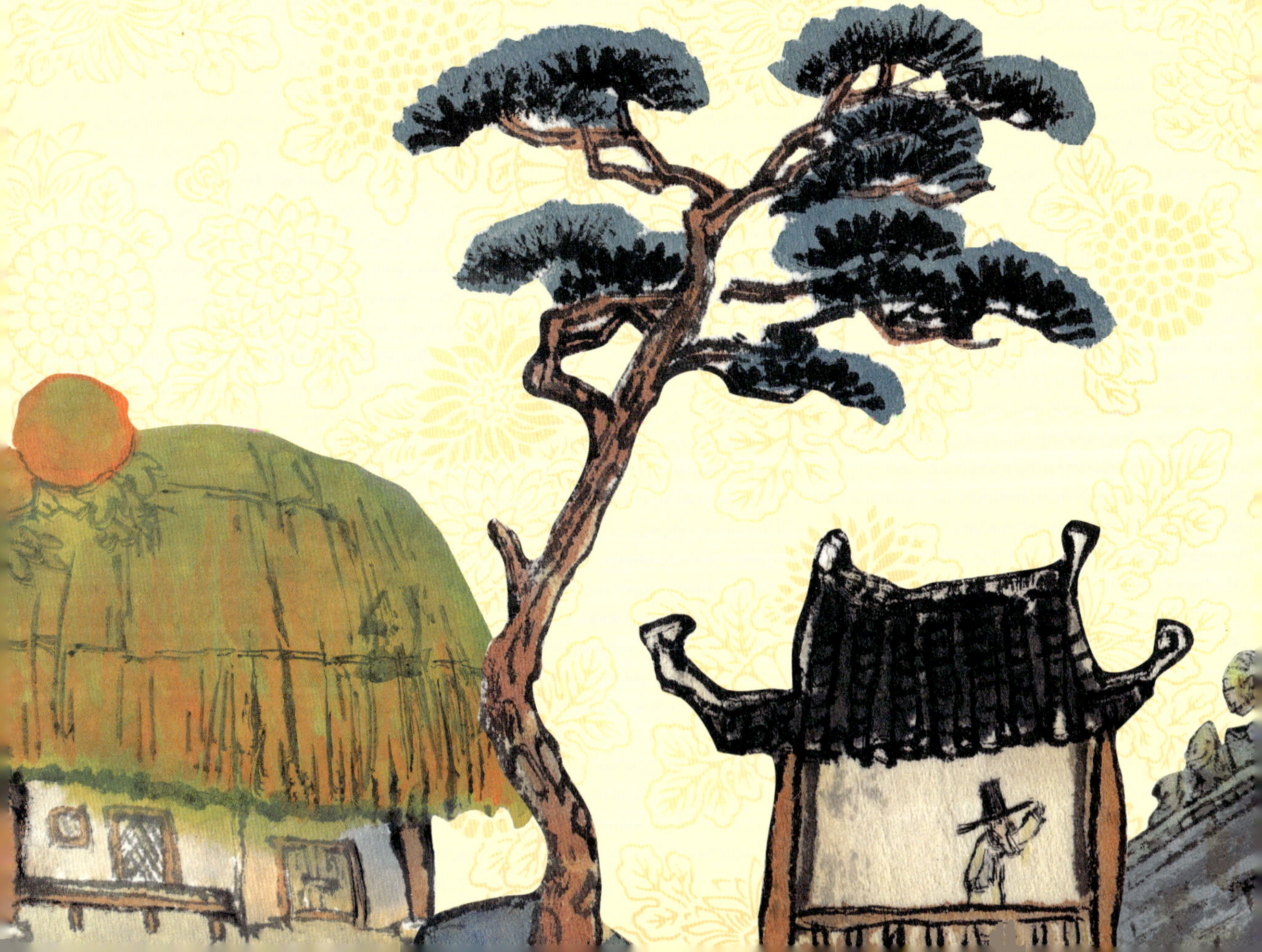

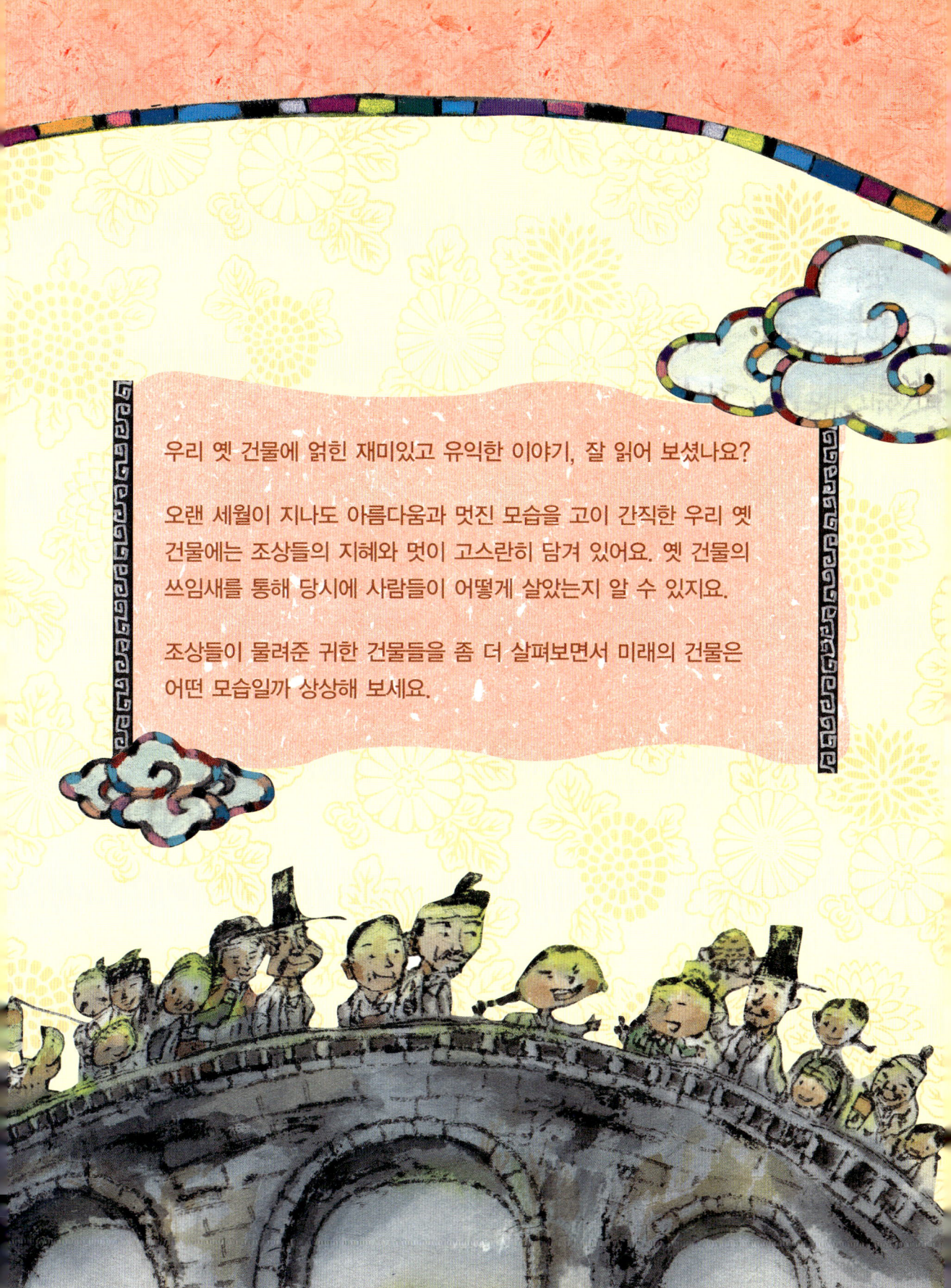

우리 옛 건물에 얽힌 재미있고 유익한 이야기, 잘 읽어 보셨나요?

오랜 세월이 지나도 아름다움과 멋진 모습을 고이 간직한 우리 옛 건물에는 조상들의 지혜와 멋이 고스란히 담겨 있어요. 옛 건물의 쓰임새를 통해 당시에 사람들이 어떻게 살았는지 알 수 있지요.

조상들이 물려준 귀한 건물들을 좀 더 살펴보면서 미래의 건물은 어떤 모습일까 상상해 보세요.

지혜와 멋이 담긴 옛 건물을 찾아가 보아요

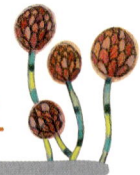

기와집과 초가집

안동 하회마을

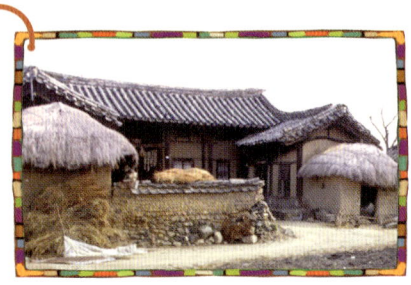

유네스코가 지정한 세계 문화유산이에요. 우리나라의 대표적인 마을로 기와집과 초가집들이 잘 보존되어 있어요.

| 있는 곳 : 경상북도 안동시 풍천면 하회리 |

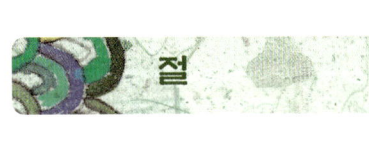

외암 민속마을

참판댁을 비롯해 외암종가댁, 참봉댁 등의 양반집과 그 주변의 초가집들이 원래의 모습으로 남아 있어요.

| 있는 곳 : 충청남도 아산시 송악면 외암리 |

절

불국사

유네스코가 지정한 세계 문화유산으로 신라 문화의 품격을 느낄 수 있어요.

| 있는 곳 : 경상북도 경주시 진현동 15-1 등 |

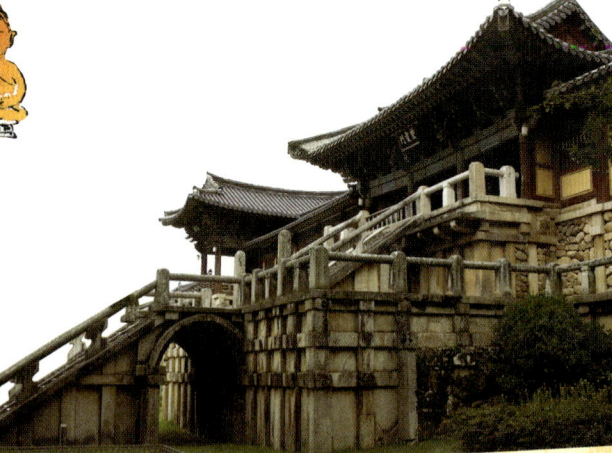

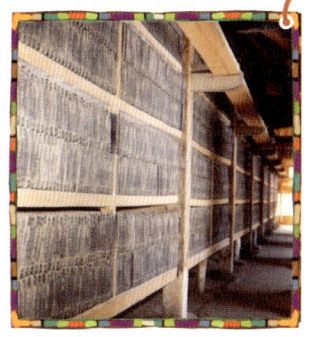

해인사

해인사에 남아 있는 건물 중 가장 오래된 건물인 장경판전은 팔만대장경을 보관하고 있어요. 유네스코 세계 문화유산으로 등재되어 있지요.

| 있는 곳 : 경상남도 합천군 가야면 치인리 10 |

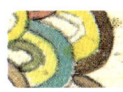 **궁궐**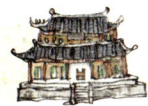

덕수궁

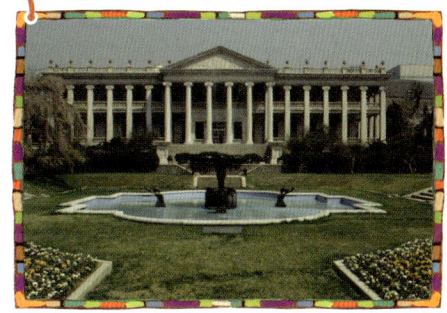

조선 시대의 궁궐로 정문은 대한문이며, 근대식 석조 건물인 석조전이 있어요.

| 있는 곳 : 서울시 중구 정동 5-1 |

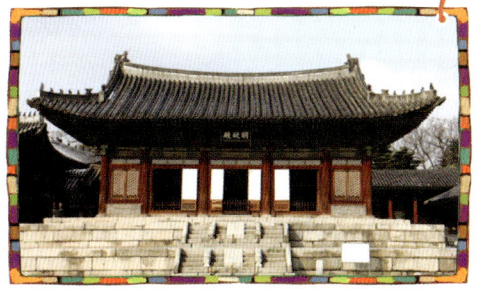

창경궁

조선 시대의 궁궐로 1484년(성종 15년) 당시 생존하였던 세 왕후의 거처를 위해 지은 것이에요. 정전은 국보 제226호인 명정전이에요.

| 있는 곳 : 서울특별시 종로구 와룡동 2-1 |

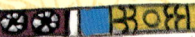 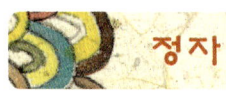 정자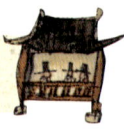

송강정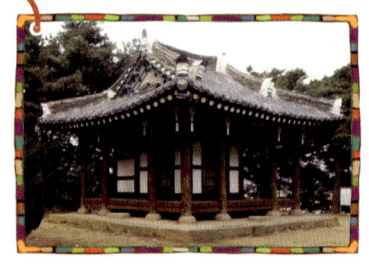

1584년(선조 17년) 송강 정철이 벼슬에서 물러난 후 내려와 지은 정자예요. 원래는 죽록정이라 했는데 나중에 후손들이 정철의 호를 따라 송강정으로 고쳤어요.

| 있는 곳 : 전라남도 담양군 고서면 원강리 274 |

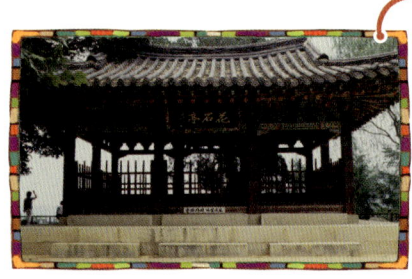

화석정

조선 시대의 학자인 율곡 이이가 자주 들러 시를 짓고 학문을 연구하던 곳으로, 임진강이 내려다보이는 벼랑 위에 위치하고 있어요.

| 있는 곳 : 경기도 파주시 파평면 율곡리 산100-1 |

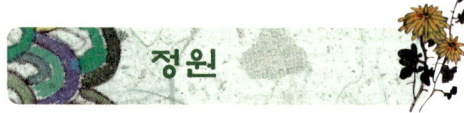 정원

소쇄원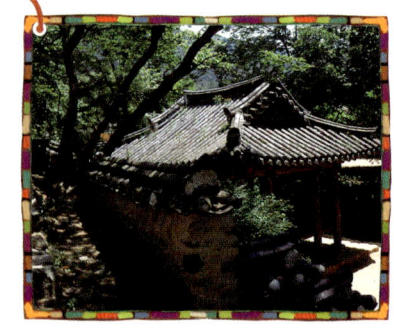

우리나라 민간 정원의 본래 모습을 간직한 곳이에요. 물이 흘러내리는 계곡을 사이에 두고 각 건물을 지어 자연과 인공이 조화를 이루고 있어요.

| 있는 곳 : 전라남도 담양군 남면 지곡리 123 |

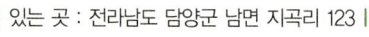

광한루원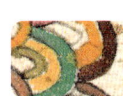

조선 중기에 조성된 광한루의 정원으로 천체 우주를 상징하는 구성을 하고 있어요. 광한루는 세종대왕 때 황희가 지은 누각이에요. | 있는 곳 : 전북 남원시 천거동 78 |

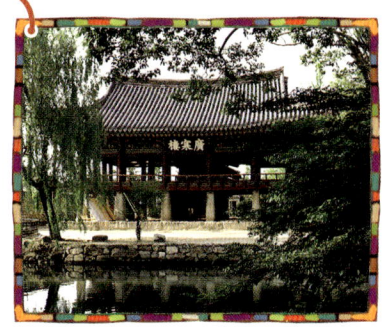

고분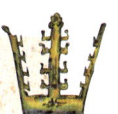

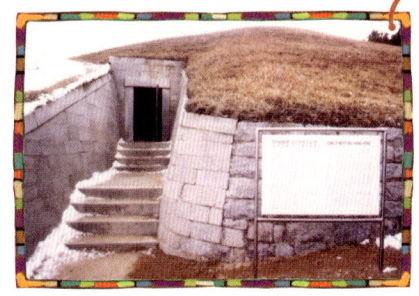

무령왕릉

백제 25대 무령왕과 왕비의 무덤으로, 벽돌을 이용해서 만든 벽돌 무덤이란 점이 특징이에요.

| 있는 곳 : 충남 공주시 금성동 산5-1 |

광릉

조선 7대 왕 세조와 세조의 비 정희 왕후 윤씨의 무덤이에요.

조선 왕릉 최초로 왕과 왕비의 능을 서로 다른 언덕 위에 따로 만들었고,

간소하게 능을 조성함으로써 이후 왕릉 조성에 모범이 되었어요.

| 있는 곳 : 경기도 남양주시 진접읍
부평리 산99-2 |

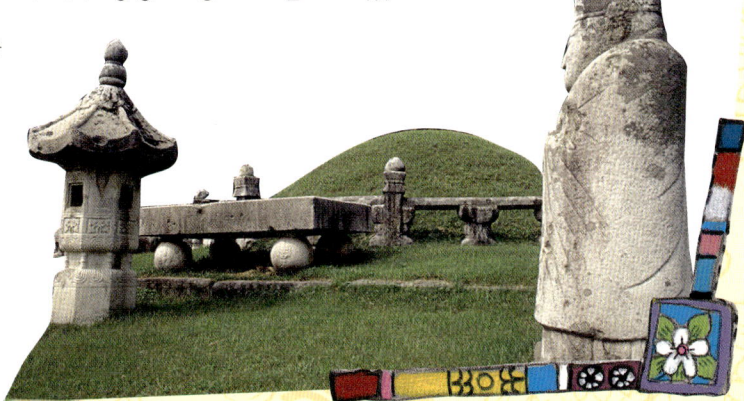

오십 빛깔 우리 것 우리 얘기 10

오천 년 지혜 담긴 건물 이야기

초판 1쇄 발행 | 2010년 11월 15일
초판 3쇄 발행 | 2017년 2월 10일

글쓴이 | 우리누리
그린이 | 조승연

발행인 | 이상언
제작총괄 | 이정아

디자인 | 손은영
인쇄 | 성전기획

발행처 | 중앙일보플러스(주)
주소 | (04517) 서울시 중구 통일로 92 에이스타워 4층
등록 | 2007년 2월 13일 제 2-4561호
판매 | 1588-0950
홈페이지 | www.joongangbooks.co.kr
페이스북 | www.facebook.com/hellojbooks

ⓒ 우리누리 2010

ISBN 978-89-278-0102-3 14800
      978-89-278-0092-7 14800(세트)